AF198186

„Über Moral und Weisheit hat jeder
seine eigene Ansicht.
Der Fisch sieht sie von unten,
der Vogel von oben."

Chinesische Weisheit

Für all die großartigen Frauen, die ihrem Leben einen neuen Kick geben wollen und es nicht von einem Traumprinzen abhängig machen

Herzhaftes Lachen nicht ausgeschlossen!
Prickelnde Erlebnisse bei der Partnersuche im Internet erfrischend anders erzählt.

Illustriert mit eigenen Grafiken und gewürzt mit Weisheiten aus aller Welt, bietet das Buch ein kurzweiliges Leseerlebnis nicht nur für Frauen jenseits der Midlife-Crisis.

Tina Levin

Online verliebt

Internetbekanntschaften

Erzählungen

www.tredition.de

© 2016 Tina Levin
Umschlag, Illustration: Tina Levin
Lektorat, Korrektorat: Tina Levin, Thomas Döring

Verlag: tredition GmbH, Hamburg

ISBN
Paperback: 978-3-7345-3677-9
Hardcover: 978-3-7345-3678-6
E-Book: 978-3-7345-3679-3

Printed in Germany

Das Werk, einschließlich seiner Teile, ist urheberrechtlich geschützt. Jede Verwertung ist ohne Zustimmung des Verlages und des Autors unzulässig. Dies gilt insbesondere für die elektronische oder sonstige Vervielfältigung, Übersetzung, Verbreitung und öffentliche Zugänglichmachung.

Bibliografische Information der Deutschen Nationalbibliothek: Die Deutsche Nationalbibliothek verzeichnet diese Publikation in der Deutschen Nationalbibliografie; detaillierte bibliografische Daten sind im Internet über http://dnb.d-nb.de abrufbar.

Inhalt

Blauer Flieder 7

Der Querdenker 15

Blubberkopp 21

Beas Träume 29

Singles mit Niveau 35

Seemannsgarn 41

Flotte Biene 47

Haubentaucher-Tango 53

Krimineller gesucht 61

Treuetest 69

Der Radfahrer 77

Flotter Hirsch 87

Die Bikerbraut 95

Der Norwegerpulli 103

Erotische Massagen 109

Getrennt lebend 115

Weiße Maus 121

Der Oldtimer 129

Skyfall 133

Der Computernerd 143

Schwedisch für Anfänger 151

Currypulver und Astrologie 159

Montezumas Rache 167

Der Klosterbruder 175

Flirten auf Italienisch 183

Der Segeltrip 191

Mann mit Hundeblick 203

Blöde Weihnachtsgans! 211

Silvesterknaller 219

Fridas Online-Tagebuch 227

Versöhnlicher Abschluss 239

Blauer Flieder

Unbemannt wie eine Raumsonde, die ihre Marsmission abbrechen musste, feierte ich meinen 60. Geburtstag im Kreise der Familie und einiger Freundinnen. Fliederduft lag in der Luft, irgendjemand hatte einen riesigen Strauß herbeigezaubert und in einen Blecheimer platziert. Der- oder diejenige wusste wohl ganz genau, was ich mag und kannte meine Vorliebe für blauen Flieder.

Also keine Veranlassung, Frust zu schieben. Erst einmal aufhübschen. Ich werfe einen Blick in meinen Kleiderschrank: Nicht gerade chaotisch, aber unübersichtlich wie mein Leben. Shirts und Pullover stapeln sich auch in der zweiten Reihe. Strümpfe, Dessous und Schals knautschen sich bis in die hintersten Ecken der Schubfächer. Die Lieblingsteile hängen, natürlich nicht nach Farben sortiert, auf Bügeln, Jacken und Westen, sogar mehrere übereinander. Ich habe ein echtes Platzproblem, kann mich einfach von nichts trennen. Die grüne Jeans, zum Beispiel, passt schon lange nicht mehr! Zum Wegwerfen zu schade! Entscheiden muss ich mich aber trotzdem, will ja schick aussehen, wenn die Gäste kommen. Diese sind mir schon immer extrem wichtig gewesen. Ständige Veränderungen und Disharmonien mochte ich noch nie. Klingt nach Routine und Langeweile? Mit Männern ging es mir ähnlich; Trennung nur, wenn es absolut nicht passte. Wenn der Kessel am Überlaufen war, zog ich die Notbremse.

Habe endlich mein Geburtstagsoutfit gefunden, die graue Jeans war schon wieder vom Bügel gerutscht, passte sogar noch!

Es klingelt, meine Familie und Freundinnen sind gekommen. Nicht nur der Flieder duftet, sondern auch der Kaffee. Kuchen habe ich natürlich selbst gebacken.

Besonders freute ich mich über den Besuch von Caro, die gerade für einige Tage in Berlin weilte. Vor drei Jahren war sie mit ihrem Mann nach La Gomera ausgewandert und lenkte mit ihrem Erscheinen das Gespräch von den Kerlen weg in eine Richtung, die mir mehr lag.

Sie wollte die Gelegenheit nutzen und sich die Chalky-Farben ansehen, die ich mir zum 60. geleistet hatte. Auf Facebook schwärmte ich ihr etwas vor von den Effekten, die damit möglich sind. Da Caro ebenfalls auf Vintage steht, wollte sie meine bemalten Möbel und Accessoires mit eigenen Augen sehen, um sich für ihre Inseltätigkeit inspirieren zu lassen. Es ist immer ein gegenseitiges Geben und Nehmen, was die Ideen betrifft. Ich dachte daran, wie schwierig es ist, Kunsthandwerk zu verkaufen, und war wieder einmal glücklich, dass ich nicht freischaffend bin und einfach so meine Kreativität in Frau Storchenschnabels Blumenparadies ausleben kann.

Umso neugieriger war ich auf Caros jetziges Leben. Sie hat nun alles, was sie sich immer erträumte: Sonne, Meer und Berge, reife Früchte und eine Schar von Hühnern, ein kleines Grundstück auf einem Felsen und dazu ein Häuschen, das ihr Mann ausbaute.

Das, was sie an Spanien stört, seien die übertriebene Bürokratie, die nahezu unbezahlbare ärztliche Versorgung und die geringen Möglichkeiten, die Kunst an den Mann oder die Frau zu bringen. Dabei macht sie in Textil und Schmuck, wunderschöne Ketten, Armbänder und Ohrringe aus speziell veredelten Papieren.

So wie ich ist Caro ständig auf der Suche nach den neusten Trends, um sich als Kunsthandwerkerin mit eigenem Atelier auf der Insel zu etablieren, denn im Sommer kommen viele Touristen dorthin.

Ans Auswandern habe ich eigentlich nie ernsthaft gedacht, nur ab und an mit dem Gedanken gespielt. Und wenn ich auswandern wollte, dann sowieso nach Skandinavien.

Das Interesse für Kunst, Garten und Kräuter – eine Idee jagte die andere – und das Wirken für die Kultur in dem Dorf hinter dem gelben Ortsausgangsschild von Berlin brachten mich mit Caro zusammen. Unter ihrem Süßkirschenbaum sitzend hatten wir uns oft lustig gemacht oder geärgert über die kulturellen Besonderheiten der *Randberliner*. Ich liebe dunkelrote Süßkirschen und spucke ununterbrochen Ideen aus wie Kirschkerne im Sommer. Caro dagegen hat mehr Erfahrung mit der Ideenumsetzung, konnte so erfolgreich der Hartz-IV-Falle entgehen.

Also engagierten wir uns im Kulturverein unter der Fuchtel eines Computerfreaks und strampelten uns für die gemeinsamen Ziele ab. Regelmäßig scheiterten wir mit unseren Ideen an der Bürokratie des Vorstandes und hätten am liebsten alles hingeschmissen. Aber dann schickte mir der *große Vorsitzende* einen seiner Schüler, der mir den Computer einrichtete. Ich leistete mir nämlich einen gebrauchten Laptop und konnte so endlich ins Internet, konnte online sein!

Nach einer schweren Trennung war der 16-jährige Junge der einzige Vertreter des männlichen Geschlechts, den ich in jenem Jahr über meine Türschwelle ließ. Er weihte mich ganz unbekümmert in die Geheimnisse des Surfens und Bewegens in Portalen und Chaträumen ein.

Bevor ich überhaupt darin erfolgreich sein konnte, lernte ich über eine Zeitungsannonce Robert kennen und zog aus Berlin ins Brandenburgische. Meine Familie und Freundinnen hatten auch diesmal vergebens gehofft, dass er der Richtige ist.

„Es ist jetzt sieben Jahre her, dass du wieder in Berlin bist, und du wartest noch immer auf den Prinzen mit dem lahmen Gaul“, stichelte meine damals 14-jährige Enkeltochter. „Such doch mal übers Internet!“ Weil ich so ungläubig guckte, setzte sie nach: „Robert war ja ganz nett, aber viel zu alt für dich.“

Die Kleine hatte es geschafft mit ihren Argumenten. Gemeinsam grübelten wir darüber nach, welcher Nickname am besten zu mir passen könnte. Zwischen *Katzenbaby*, *Kräuterhexe* und *blauer flieder* entschied ich mich für letzteren Vorschlag und dachte dabei an die Prachtblüten in Roberts Garten.

Als ich allein war, versendete ich als *blauer flieder* mein virtuelles Lächeln, um in Kontakt zu treten. Wenige Tage später, ich musste zunächst als Beweis für meine Existenz die Kopie meines Personalausweises schicken, schlug ich mit einem Foto, das ich sorgfältig ausgewählt hatte, im *datingclub.de* auf. Meine Chancen standen nicht schlecht. Mir wurde sogleich ein ausgehungerter, gut bestückter, heißblütiger 65-Jähriger offeriert, der eine sexy Blondine suchte, die ihn abkühlt.

„Das ist ja nicht gerade ein Schnäppchen!", sagte ich mir und recherchierte in anderen Partnerbörsen, ob vielleicht niveauvollere ungeküsste Frösche zu finden sind. Singles mit oder ohne Niveau tummeln sich geradezu in den kostenlosen Partnerbörsen, weshalb dann Geld bezahlen?

Einige Dating-Plattformen wie *men-shop* sind nur für Frauen kostenlos. Die Macher sind wohl Witzbolde, denn es geht hier darum, den Mann, dessen Profil dir gefällt, in einen virtuellen Warenkorb zu legen. Der Kerl, der sich shoppen lassen will, antwortet dir dann. Eine humoristische Idee, welche auf die Kaufmentalität der Frauen abzielt. Ist der Mann eine taube Nuss, wird er ganz schnell zum Ladenhüter.

Willst du es auf einem höheren Level, wartest du also auf den Prinzen mit dem weißen Ross, dann darfst du tief in die Tasche greifen und unheimlich viel Fingerspitzengefühl beim Ausfüllen eines Fragebogens beweisen. Dieser ist nach akademischen, höchst wissenschaftlichen und empirischen Erkenntnissen der modernen Paarpsychologie ausgearbeitet worden. Er dient als Grundlage für die Partnervorschläge, die du dann mehrmals in der Woche erhältst. Der simple Zweck dieser Aktion ist es, Menschen mit gleichen Interessen, Ansichten und Vorlieben zusammenzubringen. Ergibt das an die hundert *Matchingpunkte*, solltest du den vorgeschlagenen Kandidaten unbedingt kontaktieren, denn der Persönlichkeitstest hat ergeben, dass ihr die gleiche Wellenlänge habt.

Kontaktieren solltest du allerdings nur Männer, die ebensolche Nachteulen sind wie du selbst und sich stundenlang in den Singleportalen herumtreiben. Voraussetzung dafür ist natürlich deine Zahlungsfreudigkeit, denn schließlich willst du die Nachteulen nicht nur angezeigt bekommen, sondern auch mit ihnen flirten.

Wie gut, dass ich eine Teenie-Enkeltochter habe, die solcherlei Stolpersteine und Fallen sofort erkennt und mich vor größerem finanziellen Schaden bewahrt!

Die kostenlose Suche und das Herumflirten übernahm ich aber doch lieber selbst und fragte mich: „Was soll ich mit einem Prinzen? Vielleicht gelingt mir bei einer neuen Marsmission eine Landung mit 99 Matchingpunkten?"

„Wenn du willst, dass man dich achte,
so achte vor allem dich selbst; nur dadurch,
nur durch Selbstachtung,
zwingst du auch andere, dich zu achten."

Dostojewski

Tina L.

Der Querdenker

Immer, wenn ich als *blauer flieder* ins Internetportal ging, dachte ich an Robert und die Zeit auf dem Lande. So richtig hatte ich ihn noch nicht aus dem Kopf. Vielleicht deshalb, weil wir lange nicht bemerkt haben, dass wir uns immer weiter voneinander entfernen.

Das mit dem Inserat liegt Lichtjahre zurück. Damals kannte ich mich noch nicht so aus im Internet. Es war irgendwie lustig, denn als ich meine Zuschriften von der Redaktion abholte, gab man mir einen falschen Stapel. Seinen Brief hatte ich geöffnet, gelesen und war ganz angetan davon. Beim zweiten und dritten hatte ich das Gefühl, ich sei überhaupt nicht gemeint, da altersmäßig irgendetwas nicht stimmen konnte. So brachte ich die Briefe zur Redaktion zurück, und mir wurden mit tausend Entschuldigungen meine Zuschriften ausgehändigt.

„Schade", dachte ich, „den Robert hätte ich auch gern kennengelernt."

Als die Neugier über meine Enttäuschung gesiegt hatte, kam mir ein Brief schon bekannt vor. So ist er, schrieb gleich alle Frauen an, hatte sicher Computer und Drucker!

In der Kennenlernphase war ich häufiger bei ihm als er bei mir, was wohl auch an seiner Bequemlichkeit lag. Für irgendwelche gesellschaftlich brisanten Aktionen nahm er dagegen den Weg nach Berlin gern auf sich. Was wusste ich schon von diesem Robert, nicht einmal, dass er 21 Jahre älter war als ich! Es gelang ihm, mich verliebt zu machen, indem er sich viel jünger gab und sich durch Lebenserfahrung, außergewöhnliche Intelligenz, körperliche und geistige Fitness von meinen vorherigen Beziehungen abhob. Er bezeichnete sich als Querdenker und schrieb Bücher, legte sich mit den Obrigkeiten an und kämpfte für Gerechtigkeit. In seinen Methoden erinnerte er etwas an *Don Quichotte*, aber ich war die drei gemeinsamen Jahre an seiner Seite.

Im Dorf war ich bekannt als *Kräuterhexe,* denn er animierte mich, aus seinem Garten ein Blumenparadies zu machen. Ich bereitete den Boden vor für meine Blumenwiese neben dem Gartenhäuschen, an dessen Giebelseite ein ausgewachsener Fliederbaum stand. Am darauffolgenden Wochenende säte ich eine Samenmischung mit Mohn, Kamille, Margeriten und Kornblumen. Ich fuhr in die umliegenden Gärtnereien, kaufte Stauden und pflanzte und pflanzte. Sein Häuschen lag zwischen Waldrand und Wiese an einem Hang. Es war nicht gerade leicht, den Waldboden zu beackern. Hier sagten sich Fuchs, Hase und Reh gute Nacht und vernaschten die eine oder andere Pflanze. Pilze, Kräuter und Beeren gab es im Überfluss, sie wuchsen quasi vor der Haustür.

Irgendwo las ich, dass im Garten genau die Kräuter wachsen, die deine Gesundheit fördern. In Roberts Garten wuchs jede Menge Lungenkraut. Nach der Beschäftigung mit *Hildegard von Bingen* mischte ich das Kraut in den Salat, weil er doch heimlich rauchte und dann hustete wie ein Seehund. Ich kochte Marmeladen ein, stellte Kräutermischungen her, band Sträuße, trocknete Pilze und stellte mich damit auf den Wochenmarkt. Nebenbei fotografierte ich und zeichnete Blumenbilder.

Im Sommer badeten wir im See, unternahmen Radtouren oder entdeckten mit dem Auto die Umgebung. Im Winter waren wir eingeschneit oder feierten mit der Feuerwehr Fasching. Da ging es hoch her, der ausgediente Kinderwagen war voller Schnapsflaschen und die Musik sehr laut.

Im Haus am Waldrand war immer Trubel. Wenn ich keine Kräuterwanderungen oder -seminare durchführte, kamen Roberts pubertierende Enkel oder andere wichtige Persönlichkeiten und nahmen ihn für sich in Anspruch. Ich bin selbst gern mit jungen Leuten zusammen, aber die Gespräche wurden mir mit der Zeit zu philosophisch. Seinen Hang zur strikten Mülltrennung hatte ich noch verstanden, den Drang, die Sachen seiner Söhne und seiner Ex-Frau abzutragen, jedoch nicht. Er ist halt ein Umwelt-Freak. Robert schrieb seine Memoiren, kam kaum noch hinter dem Computer hervor. Vier ganze Seiten nahm ich in seinem Leben ein. Das Buch hat jedoch 400.

Das konnte auch der Garten mit dem riesigen Süßkirschenbaum, den ich so liebte, nicht wettmachen. Schade eigentlich, denn der Kirschbaum stand in vollem Saft und voller Kraft. Das erste Jahr unserer Beziehung war ein gutes Süßkirschenjahr. Dunkelrot prangten die reifen Früchte und süß schmeckten die Küsse. Die folgenden

Jahre fielen in beiderlei Hinsicht spärlicher aus. Glücklicherweise hatte ich eine Neubauwohnung in der nahegelegenen Stadt, in die ich mich dann zurückziehen konnte. Ich engagierte mich dort, und er bemerkte nicht einmal, dass ich mich drei Wochen nicht bei ihm blicken ließ.

So viel zum Rat einer guten Freundin: *„Das schönste Geschenk, das du einem Mann machen kannst, ist, dass er dich vermisst."*

Nach drei Jahren Brandenburg zog ich zurück nach Berlin, denn mein Job im Blumenladen wartete schon auf mich. Die Chefin, Frau Storchenschnabel, mochte meine Kreationen, und ich durfte meiner Phantasie freien Lauf lassen. Meine Fliedersträuße arrangierte ich kunstvoll in aufgearbeitete Flohmarktfunde wie Blechbüchsen, Holzkisten und Gefäße aus Glas, Messing oder Kupfer. Nebenbei erarbeitete ich Konzepte für Wohnläden und stellte sie ins Internet.

„Was ist Liebe?
Eine Hütte mit keinem Palast tauschen wollen,
Untugenden und Fehler lächelnd übersehen,
Hingabe ohne geringstes Zögern."

Chinesische Weisheit

Blubberkopp

Wieder zurück in Berlin, meldete ich mich bei *Berliner Singles* an, einer kostenlosen regionalen Partnerbörse für Kreative und Spaßvögel. Dort schrieb ich mich einige Zeit mit einem Line-Dance-Trainer und einem Hobbyclown. Mit einem gewissen *Kiezindianer* traf ich mich sogar in Kreuzberg, wo er mir die interessantesten Alt-Berliner Hinterhöfe zeigte. Alle drei kamen sehr lustig und aufgeschlossen rüber, hatten aber jeweils noch andere Eisen im Feuer.

In meinem virtuellen Postkasten herrschte zwei Wochen lang gähnende Leere. Dann tauchte er auf, der *Urberliner*, 59, 1,89, geschieden. Nach einigen Mails, die wir tauschten, trafen wir uns an einer Straßenbahnhaltestelle. Es war nicht Liebe auf den ersten Blick. Etwas Besonderes hatte er aber, der Lulatsch vom Sternzeichen *Zwillinge*, lang und schmächtig wie der Funkturm, hellblaue Augen und extragroße Ohren. Damals wusste ich noch nicht, dass er besser quasseln als zuhören konnte. Sein Dialekt war nicht nur berlinerisch, sondern auch ironisch mit sarkastischem Einschlag.

Ich war fünf Jahre jünger und etwas kleiner, dafür hatte ich etliche Kilos mehr auf den Hüften. Mecker-Ede kam aus Schöneberg, ich aus dem tiefsten Osten, er rauchte, ich konnte Rauchen nicht ausstehen. Wir trafen uns öfter und näherten uns allmählich an, denn wir hatten bemerkt, dass wir ähnliche Interessen haben. Er zeigte mir seine Staffelei und sein noch unvollendetes Kunstwerk, die Kopie eines Picasso-Bildes *Mädchen vor Spiegel*. Er hatte sich an dieses schwierige Thema herangewagt, wofür ich ihn bewunderte.

„So ist er", dachte ich, „durch und durch Techniker, arbeitet sich Quadrat um Quadrat vor, in welche er die Leinwand eingeteilt hat."

Tatsächlich war er einmal Bauhandwerker und fand, dass meine Fenster schlecht schließen und die Toilette wackelt. Beim nächsten Besuch brachte er Hobel und Rohrzange mit und legte los. Der Erfolg war, dass es jetzt durch die Fenster zieht und der Hausmeister mir eine neue Toilette einbauen durfte.

Gerade bei seiner künstlerischen Arbeit suchte er meinen unvoreingenommenen Rat, hinterfragte aber jeden Satz, den ich sagte. Ich hatte ständig das Gefühl, von ihm analysiert zu werden.

Es kamen solche Sprüche wie: „Ich glaube, du bist ganz in Ordnung. Obwohl, so um die 10 Kilos abnehmen, das müsste doch drin sein!"

Seine *verflossene Elfi*, so nannte ich Edes letzte Freundin, quälte sich hobbymäßig beim 24-Stunden-Spinning im Fitnessstudio ab, wohin er sie öfter begleitete. Während sie sich auf dem Ergometer abstrampelte, hielt er große Volksreden oder rauchte vor der Tür. Dabei konnte er endlich mal kräftig durchatmen, denn er war ständig in Aktion.

Eines Tages übergab er mir eine Liste mit Anschriften von Muckibuden in meiner Nähe, die annähernd die Voraussetzungen hatten, die er sich für mich vorstellte. Ich dachte aber nicht im Traum daran, mich dort anzumelden, denn ich fuhr viel lieber mit dem Fahrrad oder ging in die Schwimmhalle. Zwei Diäten hatte ich, zunächst erfolgreich, hinter mich gebracht. Nach einigen Monaten waren jedoch jeweils zwei Kilo mehr auf den Rippen als vor der Abnehmprozedur. Schließlich traf ich meine Wahl zwischen dem Typ Ziege oder Kuh und fand mich mit der Kuh ab.

Da ich seine Bemühungen nicht genügend honorierte, wurde ich als *Miesmuschel* abgestempelt. Für eine Rucksackberlinerin ist auch das ein Schimpfwort.

Um mich abzureagieren, laberte ich immer öfter das Mantra vor mich hin: *„Ick sitze da und fresse Klops, mit eenmal kloppts, ick stehe uff und kieke und wer steht draußen, icke!"*

Mecker-Ede blieb völlig unbeeindruckt davon. Seine *Kodderschnauze* ging mir zwar auf den Senkel, neugierig war ich trotzdem auf diesen Mann. Wenn wir zusammen waren, hatte ich immer das Gefühl, es könnte vielleicht doch etwas aus uns werden. Das bisschen Rauchen, das würde er sich abgewöhnen, mir zuliebe. Versprochen hatte er es nicht nur einmal, er wartete nur noch auf den passenden Moment. Den Gedanken, dass sich sein Laster mit der Zeit zu einem echten Problem auswachsen könnte, verwarf ich immer, wenn er auftauchte. Doch jedes

Mal, wenn ich ihn besuchte, schnürte es mir den Hals zu, trotz seiner Duftsprays, die er versprühte. Hatte er das Fenster auf, konnten wir vor Lärm unser eigenes Wort nicht verstehen, denn seine kleine Einraumwohnung lag an einer großen Kreuzung mit einem Feuerwehrdepot um die Ecke. Meine Rauchunverträglichkeit tat er mit dem Spruch ab, mich würde es nur stören, weil ich wüsste, dass er rauchte, und ich etwas gegen das Rauchen hätte.

Daraufhin besuchte ich ihn nur noch selten. Seinen 17-jährigen Sohn konnte er auch nur für sich interessieren, indem er mit ihm gemeinsam rauchend vor dem Computer hockte. Der Bengel war voll in der Pubertät und ließ sich von seiner Mutter, mit der er im selben Aufgang wie Mecker-Ede wohnte, überhaupt nichts mehr sagen. Sein Vater hatte sich abgestrampelt, um ihm eine Lehrstelle zu besorgen, die er nach vier Wochen hinschmiss. Stattdessen schwängerte er eine 16-Jährige.

Für mich war es eine gewöhnungsbedürftige Situation. Edes geschiedene Frau verwahrte nicht nur seinen Ersatzschlüssel, sondern goss auch die Blumen, während er mich besuchte. Es war ja alles nur wegen der *Plagen*, und weil er sich noch für die Ute verantwortlich fühlte, nach fast 30 Ehejahren. Ihn wurmte es, dass sie sich so leicht unterbuttern und ausnehmen ließ von ihren drei gemeinsamen Kindern und ihrem Arbeitgeber, einem Fleischermeister mit etlichen Filialen im halben Stadtgebiet. Nachdem ich seine Familie, einschließlich seiner Ute, die Kette rauchte, kennengelernt hatte, schien es für sie eher eine Erleichterung zu sein, dass sich seine ständigen Einmischungsversuche mehr und mehr auf mich konzentrierten.

Mehr als seine familiäre Situation störte mich, dass er offensichtlich noch nicht von seiner Exfreundin losgekommen war, denn er nannte mich aus Versehen mehrmals liebevoll *Elfi*. Mecker-Ede versuchte, die Scharte auszuwetzen, indem er von mir als seinem *Elfchen* sprach. Ich steckte die umständlichen Erklärungen vorübergehend in die Schublade *Berliner Schnauze*, denn so nannte er seine besondere Art, witzig zu sein. Die Alarmglocken läuteten bei mir, aber noch nicht laut genug, auch nicht, als er mich herausfordernd überredete, mit meinem Auto Möbel von jemand abzuholen und zu seinem älteren Sohn zu transportieren. Dieser Jemand war seine verflossene *Elfi*. Sie war mir nicht nur im Traum, sondern auch im Rückspiegel erschienen. Für ihn war das alles ganz normal.

Da er meine Eifersucht spürte, versicherte er mir, dass man ihm seine Ex auf den Bauch binden könne, und es würde sich bei ihm nichts regen.

Von da an ging mein Vertrauen den Bach runter. Ich legte jedes Wort auf die Goldwaage, und er auch, denn er war ein Sensibelchen, wenn es um seine eigene Person ging. Über Kleinigkeiten regte er sich auf, er hatte immer Recht, meckerte über alles und jeden, und wenn wir in Streit gerieten, ließ er mich mit meinem Frust zurück.

So war es auch am 1.Weihnachtsfeiertag, wir wollten Ente mit Rotkohl zubereiten. Diesmal hatte Mecker-Ede ein

Rezept von seiner Exfrau besorgt, das er genau nachkochen wollte. Dazu passte mein Lieblingsrotkohl natürlich nicht, und es kam zum Weihnachtsstreit, wie es in seiner Familie oft vorkam. Ein Wort ergab das andere, und er war gar nicht mehr witzig. Als er endlich meine Tür zugeknallt hatte, zerteilte ich die Ente und schob die Teile in den Herd. Der Rotkohl lag leider schon unwiederbringlich im Müll. Bereits in der Nacht begann ich, mich über die köstlichen Ententeile herzumachen, die ich, ganz ohne Ex-Frau-Rezept, frei nach meiner Fantasie zubereitet hatte.

Wieder einmal war mein *Kessel* kurz vor dem Überkochen. Die Leichtigkeit war auf der Strecke geblieben und die Liebe auch. Auf seine Telefonanrufe reagierte ich kurz und abweisend. Er tat so, als wäre überhaupt nichts vorgefallen, zog die ganze Sache ins Lächerliche. Sein *Auwacka, dit is n Ding*, sagte mir, dass er überhaupt nichts begriffen hatte. Schließlich ging ich gar nicht mehr ans Telefon, wenn er anrief, denn mir war das Lachen vergangen. Dann war ich lieber `ne *Flitzpiepe* oder *Miesmuschel*. Auf keinen Fall wollte ich mir auch noch Silvester verderben lassen wie im Jahr zuvor, als wir bei Freunden eingeladen waren und er mit seinen scheinwitzigen Sprüchen, *Berliner Schnauze* genannt, keinen Blumentopf gewinnen konnte. Er schnappte ein, verließ das für ihn viel zu leise Fest, und ich durfte zusehen, wie ich bei Eis und Schnee nach Hause kam. Die anderen trösteten mich und riefen mir ein Taxi.

Wieder einmal hatte ich genug von Männern, und sorgte für mein Wohlergehen, machte meine Wohnung schön. Frisör, Fußpflege, Ausstellungen und Kino mit den Enkeln standen auf meinem Programm. Freundinnen passten auf, dass ich nicht rückfällig wurde. Bea, die gerade dabei war, sich endgültig von ihrem Leo zu lösen, half mir in dieser schwierigen Zeit.

„Bevor du dich daran machst, die Welt zu verändern, gehe dreimal durch dein eigenes Haus."

Chinesische Weisheit

Beas Träume

Von Internetportalen wollte ich nichts mehr wissen. Wenn überhaupt, wollte ich mich auf normalem Wege verlieben. Im Freundeskreis galt ich als geheilt, und gemeinsam mit Bea genoss ich das Singledasein.

Wieder in Berlin! Kurz nach meinem Umzug lernte ich die coole Frau beim Ideenfrühstück im Ziegelhof kennen. Wir hatten die gleiche Wellenlänge, suchten ein interessantes Betätigungsfeld außerhalb der eigenen vier Wände. Mal etwas Neues wagen! So kamen wir auf die Idee, gemeinsam ein Kreativnetzwerk zu gründen und scharten einige Frauen um uns, die interessante Hobbys hatten, auf den ersten Blick jedenfalls. Karina, zum Beispiel, buk Körnerbrot, Elvira hatte es mit der Esoterik, und Paula versuchte sich als Gesundheitsberaterin. Gemeinsam stellten wir uns vor, präsentierten unsere Hobbys und hielten Vorträge. Bea führte die neusten Salatkreationen mit ihrem Küchenwunder vor und ich meine Blumendekorationen. Die eine oder andere hatte sich wohl gedacht, damit Geld verdienen zu können, was jedoch ein Traum blieb.

Als dann Männer ins Spiel kamen, hatte sich das Vorhaben ohnehin erledigt. Nachdem sich das mit den Männern schließlich erledigt hatte, wollten Bea und ich aufbrechen zu neuen Ufern. Silvester und Neujahr verbrachten wir gemeinsam in Warnemünde. Der kalte frische Ostseewind fegte mir den Kopf frei für neue Ideen. Sobald der Gedanke an einen neuen Kerl in meinem Leben auftauchte, verwarf ich ihn sofort. Schließlich wollte ich meine inzwischen liebgewonnene Unabhängigkeit so schnell nicht aufgeben.

„Glaubst du, dass du die einzige Frau bist, die Angst hat, ihre Selbständigkeit zu verlieren", fragte Bea, „das wirst du aber müssen, wenn du irgendwann eine Beziehung möchtest!"

Sie hatte sich bereits entschieden und klare Vorstellungen davon, wie für sie eine perfekte Partnerschaft aussieht. Sie räumte sogar eine Schublade frei für den Mann ihrer Träume, schaffte im Bad etwas Platz für ihn und kaufte schöne Bettwäsche für ihr Doppelbett. Ebenso wie die Plüschtiere verschwanden die Familienbilder im untersten Schubfach ihrer Kommode.

Bea ist 53, um die 170, 82 Kilo, ein Kurvenstar, figurbetont gekleidet. Sie ist Erzieherin, beherrscht mehrere Fremdsprachen, ist alleinstehend und behauptete immer von sich, beruflich so eingespannt zu sein, dass sie sich gar keine Beziehung leisten könne.

Was ihre Klamotten und anderen Utensilien betrifft, da ist Bea *mal so und mal so*. Eigentlich mag sie Ordnung, und deshalb faltet, hängt und stapelt sie auch regelmäßiger als ich. Aber ebenso häufig steht sie vor ihrem IKEA Kleiderschrank und möchte einfach nur das perfekte Outfit, um sich auf Arbeit von so einigen grauen Mäusen erfrischend abzuheben. Wenn bei der Wühlerei ein Schuh in der Ecke landet oder ein ganzer Turm Shirts und Pullover zusammenfällt, bleibt der Haufen eben dort liegen. Im Moment stört sie es halt nicht. Viel schlimmer ist doch, dass sie nichts Passendes anzuziehen hat. Mal macht die Farbe blass, mal trägt der Stoff auf oder der Schnitt macht kurze Beine … Wenn die Styling-Krise auch etwas dauert, eine Lösung findet sie eigentlich immer.

Hat *Frau* mal ein Problem, dann ist sie bei Bea genau richtig. Sie hört so lange zu, bis sie das Problem verstanden hat, um dann gemeinsam nach einer Lösung zu suchen. Nur mit sich selbst, da ist sie immer wieder unsicher. Kaum hat sie eine Entscheidung getroffen, drehen sich Beas Gedanken nur um die Frage, ob sie alles richtig gemacht hat. Sie könnte wahrlich mehr an sich glauben!

In Sachen Männer ist es extrem. Mir gibt sie kluge Ratschläge und selbst, da kommt sie nicht aus dem Knick. Erst neulich wieder, da löcherte sie mich: „Signalisiere dem Universum, dass du dich für eine Beziehung entschieden hast und finde endlich heraus, was du eigentlich suchst!"

Bislang wusste ich eher, was ich nicht suche. Auf keinen Fall wollte ich es nochmals mit einem *Zwilling* versuchen oder einem Fußballfan. Mir tun noch immer die Knie weh, wenn ich daran denke, wie ich mich bei brütender Hitze in den oberen Rängen des Olympiastadions in den Sitz zwängen musste. Mecker-Ede hatte sich solch große Mühe gegeben, mich mit der Eintrittskarte zu überraschen. So versuchte ich, das Beste aus der Situation zu machen und brüllte mit den harten Fans aus der Ostkurve bei Trommelwirbel um die Wette.

Um seine nette Geste zu würdigen, begleitete ich meine Wünsche an ihn fortan mit dem Text: „Steh auf, wenn du Herthaner bist ... und bring den Müll runter!" Ich kann schon verstehen, dass er sich verarscht fühlte.

Nachdem ich Mecker-Ede endgültig abgehakt hatte, begann ich, meine Wünsche positiv zu formulieren. Wichtig waren mir inzwischen solche Dinge wie offen sein für eine neue Beziehung, kommunikativ, kreativ, aktiv, ehrlich, zuverlässig, liebevoll, humoristisch, taktvoll und tolerant. Schaden würde es nicht, wenn er handwerklich was draufhätte, kultur- und naturbegeistert wäre. Absolut *out* wären für mich Rauchen und Trinken. So schrieb ich es in mein Statement in dem Portal, wo ich mich später anmeldete.

Ich befolgte Beas Rat und beschäftigte mich ab sofort mit der Kraft meiner Gedanken, um nicht wieder eine falsche Lieferung zu erhalten. Auch ich schaffte in meiner Wohnung Raum für das Gewünschte, investierte viel in mein Wohlbefinden. Statt mich für andere aufzuopfern, nahm ich mir genügend Zeit für die schönen Dinge des Lebens. Ich übergab meinen Wunsch an das Universum und ließ ihn los.

„Drei Dinge kann man nicht mehr ändern:
Das gesagte Wort,
den abgeschossenen Pfeil
und die verpasste Gelegenheit!"

Chinesische Weisheit

Singles mit Niveau

An einem sonnigen Tag im April traf ich mich mit meiner langjährigen Freundin Kati in einem Eiscafé. Sie ist 51, Forschungskoordinatorin in einem großen Unternehmen, hat eine tolle Figur und blonde Haare, ist eine *Erscheinung*. Natürlich kamen wir sehr schnell auf das Thema Männer zu sprechen. Unfassbar für mich, dass gerade sie noch Single ist.

Zunächst bedauerte sie, dass ich mich von Mecker-Ede getrennt hatte. Sie war die einzige, die mit seiner unvergleichlichen Art, geistreich zu sein, zurechtkam. Deshalb besuchte sie ihn auch im Krankenhaus, nachdem er sich beim Bilderaufhängen die Lunge durchstoßen hatte. Das passierte bei seinem berühmten Sturz vom Schrank auf einen Stuhl, mit dem er sich auch noch brüstete.

Als Kati ihm eine Streuselschnecke überreichte, die sie vom Backwarenstand auf dem S-Bahnhof mitbrachte, sagte er trotz Schmerzen lächelnd: *„Dit is aba liebensjewürzich von Ihn'n."*

„Du bist schon in Ordnung", war das Netteste, was ich jemals von ihm zu hören bekam.

Geschenkt bekommen wollte sie Mecker-Ede aber auch nicht, da man ihm, wie sie meinte, das ABC durch die Rippen blasen könne und seine Ohren viel zu lang wären. Außerdem schwirrte ihr ein anderer Mann im Kopf herum, den sie in einem Singleportal kennengelernt hatte und den sie am Samstag daten wollte. Sie zerbrach sich ihren hübschen Kopf darüber, was passieren könnte. Ihr bedeuteten die anderen Wochentage überhaupt nichts, sie lebte nur auf den bewussten Tag hin.

Kati hatte sich für drei Monate in einem Portal für „Singles mit Niveau" angemeldet und dafür eine beträchtliche Summe hingelegt. Sie wollte dann doch lieber über das Schreiben eine Vorauswahl treffen als darauf zu warten, dass ihr zufällig der passende Jemand über den Weg läuft.

Tatsächlich, der Schreibkontakt mit *Romeo 55* passte von den Interessen und der intellektuellen Augenhöhe. Das ergab unglaubliche 85 *Matchingpunkte*. Nun war sie gespannt, ob das Emotionale auch übereinstimmte. Schließlich hielt sie schon 15 Jahre lang seit ihrer Scheidung Ausschau nach einem passenden Mann. Die aparte Blondine zog ihre Söhne, 15 und 17, bisher allein groß, wobei sich der jüngere, Jonny, gerade in seiner schlimmsten Pubertätsphase befand und wegen der einen oder anderen Jugendsünde sogar bei der Polizei vorgeladen war. Er hatte, wie es schien, genug Humor für die oftmals fragwürdig anmutenden Annäherungsversuche seiner Mutter. Da gab es ab und zu Männer, die versuchten, witzig herüberzukommen, es aber nicht waren. Das reichte von *Speckschwarte* bis *Eisbeinharry*, andere hatten nichts zu tun als herumzumotzen. Ihr war klar, dass es draußen, auf freier Wildbahn, nicht einfach sein würde, den passenden Deckel zu finden.

Vergangenes Jahr, am 11.11., hatte sie sich verliebt auf einer Karnevalsparty. Er sagte, er sei Single, sie verbrachten viel Zeit zusammen, meistens in Hotels und schicken Restaurants. Geld schien für ihn keine Rolle zu spielen. Angeblich war er Abteilungsleiter in einem Unternehmen und durfte öfter auf Dienstreise fahren. Seine Assistentin hatte sie nie kennengelernt. Sie genoss die positiven Seiten ihres Zusammenseins, verdrängte die unangenehmen Gedanken und die ironischen Bemerkungen ihres Sohnes. Dann musste er über Silvester in den Urlaub fahren, offensichtlich mit Frau und Kindern. Daraufhin nahm Kati Mut und Geld zusammen und meldete sich bei *Singles mit Niveau* an.

Allein mit zwei Jungs, das ist nicht leicht für sie. Wie in allen anderen Lebenslagen, hilft Kati auch in der Erziehung ihr scharfer Blick für das Wesentliche. Aus einer verhauenen Mathearbeit ihres Jüngsten macht sie kein Drama, hält ihn aber an der kurzen Leine, wenn es um brisantere Dinge geht. Vor allem aber hört sie ihren Söhnen zu. Wenn sie etwas verbockt haben, dann bleibt sie hartnäckig am Ball, bis eine Lösung gefunden ist. Andauernd neue Klamotten, das ist bei ihr nicht drin, und wenn, dann eher für die Kinder. Unsereins würde sagen, in ihrem Kleiderschrank herrscht gähnende Leere. Für sie ist es total okay. Eine Grundausstattung für den Sommer, eine für den Winter, mehr braucht sie nicht. Übergangssachen? Wozu? Als ob man dicke Jacken nicht auch offen tragen könnte! Wer so praktisch denkt, der vergisst womöglich das Träumen!

Also probierte sie es aus – bei *Singles mit Niveau*. Kati wollte einfach mal was Verrücktes machen, sich etwas gönnen, musste ja nicht die dritte Jeans sein.

„Versuchs doch auch mal wieder im Internet", sagte sie zu mir, „es gibt ganz bestimmt auch niveauvolle Männer."

„Vielleicht", entgegnete ich etwas genervt, „aber was hört man immer wieder, fast die Hälfte sind *alte Lustmolche*, der andere Teil *Computernerds, schüchterne Rucksackträger, überbräunte Fitnessheinis*, und nur wenige sind sympathische Kerle."

„Aber doch nicht in unserer Altersgruppe", konterte sie, „schau mich an, du willst einfach nicht! Wie, bitte, möchtest du sonst auf dich aufmerksam machen? Das ist wie mit dem Lotto, wenn du gewinnen willst, musst du den Schein ausfüllen und abgeben!"

„Wenn du einen Menschen richtig kennenlernen
und etwas über sein innerstes Wesen in Erfahrung
bringen willst,
so mach dir nicht erst die Mühe zu analysieren,
wie er spricht, schweigt, weint oder von hehren
Gedanken ergriffen wird.
Du brauchst ihn bloß beim Lachen zu beobachten.
Hat er ein gutes Lachen, ist er ein guter Mensch."

Dostojewski

Seemannsgarn

Irgendwie hatte Kati ja Recht, man muss sich nicht gleich heiraten. Bekanntschaften zu schließen, einfach so, das ist doch auch interessant. Um mich vorsichtig heranzutasten, schaltete ich zunächst eine Annonce im Stadtmagazin unter der Rubrik *Freizeitpartner*, wo ich Peter kennenlernte.

Er wohnte noch nicht lange in Berlin, und so kam ihm meine Idee, mit anderen gemeinsam die Stadt zu erkunden, gerade recht. Er war gut zu Fuß, damit meinte er mindestens 20 Kilometer am Tag, wo ich nicht mithalten konnte. Bei den Radtouren erging es mir ähnlich. Mir taten Beine und Hintern weh. Er war sogar mit plattem Reifen schneller als ich. Peter war ständig auf Achse, dafür aber beziehungsmüde, denn die letzte hatte ihn viel Kraft gekostet.

So konzentrierten wir uns auf die gemeinsamen Interessen: Herumstöbern auf Trödelmärkten, Konzertbesuche, Schwimmen und Herumnaschen. Den meisten Spaß hatten wir beim kreativen Kochen, mal bei ihm und mal bei mir. Es kam immer etwas Besonderes auf den Tisch. Die Kommunikation zwischen uns klappte von Anfang an, und wir legten, wenn es unterschiedliche Meinungen und Ansichten gab, nicht jedes Wort auf die Goldwaage.

Über seinen neuen großen Fernseher zeigte er mir Fotos von Reisen mit seinen Verflossenen. So lernte ich seine *Tussi,* er sprach es aus wie *Tutzi,* vom Bild her kennen. Ich wurde direkt ein wenig neidisch auf das, was ich dort sah, das hübsche Gesicht, die Kurven ... Aber ihm hatte sie ja so sehr mitgespielt, und das nicht nur einmal. Deshalb fragte ich mich, weshalb sich solch ein lebenserfahrener gestandener Mann wie Peter immer wieder von derselben Art Frau anziehen und dann wehtun lässt.

„War vielleicht doch nicht so schlimm", sagte ich mir. Peter hatte ein Händchen dafür, alte Gemälde, die er auf Trödelmärkten fand, aufzuarbeiten. Sie waren an einigen Stellen verwittert, abgeschabt oder abgeblättert. Mit den entsprechenden Farben bekam er die Ölschinken alle wieder hin, wenn er gut drauf war. Er war viele Jahre zur See gefahren, deshalb kam das Thema Meer immer wieder mal vor.

Beim Herumstöbern auf solch einem Markt entdeckten wir gemeinsam ein verwittertes Ölgemälde, das uns beiden gefiel. Eigentlich war ich auf der Suche nach nostalgischem Haushaltskram für meine Blumenarrangements. Aber die Boote auf dem Wasser, umgeben von hohen Bergen, ließen mich nicht los. So stelle ich mir eine Flusslandschaft in Vietnam vor. Das Blau des Wassers und des Himmels, der sich darin spiegelt, zogen uns beide magisch an. Der Streit, wer das Bild schließlich haben sollte, war schnell beigelegt. Wir warfen eine Münze, und es gehörte ihm.

Eines Tages, wir waren gerade dabei, sein Appartement in eine Galerie zu verwandeln, teilte er mir mit, dass er seiner *Tussi* noch eine Chance geben wolle. Peter redete in den letzten Tagen so viel über sie, vor allem über ihre negativen Vorzüge, dass ich mich nicht wunderte. Er hatte sie nicht losgelassen, und sie fand immer wieder eine Möglichkeit, sich für ihn interessant zu machen. In jenem Moment störte ihn weder ihr verlodderter Rucksack noch ihr nostalgisches Fahrzeug, das hässlichste Auto von ganz Berlin, über das er sich ein paar Tage zuvor noch lustig gemacht hatte. Er hoffte einmal mehr, dass sie an ihrer Rechthaberei, ihren Eifersüchteleien und sonstigen Verrücktheiten arbeiten würde. Laut ihrer gemeinsam erarbeiteten Frageliste fanden sich nämlich irgendwelche Gemeinsamkeiten.

Nach ein paar Wochen kam die nächste Enttäuschung, und er hatte endgültig die Nase voll. Nun war er entschlossen, sich auf seine Pläne und Baustellen zu konzentrieren, Reisen zu unternehmen, Bilder zu malen sowie ein Buch zu schreiben. Da ihn jedoch die Beziehung und vor allem das Danach so heruntergezogen hatten, kam er nicht in Schwung. Weil wir noch immer gute Freunde sind, teilte er mir kurz darauf mit, dass er es noch auf einen vierten Versuch mit seiner *Tussi* ankommen lassen würde. Ich hielt mich mit klugen Ratschlägen zurück, fragte mich aber, wie so etwas ginge, denn zwei Wochen zuvor ließ er sich von mir seine langen Haare abschneiden, die sie so toll an ihm fand. Mir stand wohl ein Fragezeichen ins Gesicht geschrieben, deshalb entgegnete er: „Vielleicht bin ich auch etwas schräg und brauche jemand parallel schrägen?"

Das war ein Thema, das Kati, die in *Romeo 55* mit den 85 *Matchingpunkten* zu große Hoffnungen setzte, auf der Seele brannte: „Ich möchte mal wissen, warum Männer auf verrückte Hühner stehen, und die netten keine Chance haben. Ehrlich, ich verstehe nicht, was da in der Psyche eines Mannes vor sich geht."

„Du weißt doch", sagte ich, „brave Mädchen kommen angeblich in den Himmel, böse dafür überallhin. Vielleicht sollten wir auch öfter das Böse in uns rauslassen. Das heißt ja nicht gleich, dass wir uns in egoistische Monster verwandeln müssen, nur weil wir unseren eigenen Kopf haben."

Wir philosophierten noch weiter über dieses Thema und fragten uns, ob wir nicht von Peters *Tussi* noch etwas lernen könnten. Sie ist offensichtlich eine der Frauen, bei denen Männer nie wissen, woran sie eigentlich sind.

„Ein wenig unberechenbarer und unkontrollierbarer zu sein und ein bisschen mit seinem Selbstbewusstsein zu spielen, das müssten sogar wir hinbekommen", meinte Kati. „Es scheint so zu sein, dass *Frau*, die weiß, was sie will und was sie nicht will, für einen Mann reizvoller ist als ein braves Schoßhündchen. Also tun wir doch ganz einfach das, wonach uns der Sinn steht, ohne uns immer zu fragen, ob und wem wir damit vielleicht auf die Füße treten. Eigentlich schlägst du drei Fliegen mit einer Klappe: Du bist anziehender für den Mann, der dich interessiert. Selbst kannst du tun und lassen, was du willst, und weckst in ihm die Neugier, zu erfahren, wer du eigentlich bist." Ich stimmte ihr zu, während ich über meine vergangenen Beziehungen nachdachte.

„Und", fragte Kati, „sind sie noch zusammen?"

„Wer?"

„Na Peter und die Tussi, an der wir uns ein Beispiel nehmen wollten!"

„Nach neusten Erkenntnissen", erwiderte ich, „hat er sie doch in den Wind geschossen und sieht das Thema Partnerschaft nicht mehr so eng. Er ist und bleibt halt ein Seemann oder *Sehmann!*"

Da ich schon lange nichts mehr von ihm gehört habe, gehe ich davon aus, dass er gerade eine Radtour um den Bodensee macht oder in Neuseeland sein Glück gefunden hat.

*„Die Weisheit des Lebens besteht
im Ausschalten
der unwesentlichen Dinge"*

Chinesische Weisheit

Flotte Biene

Es war ein wunderschöner Tag im Mai, gerade richtig, um mich mit Anne zu treffen, die auch allein war und wie ich so halb auf der Suche nach sich selbst oder nach dem Mann ihrer Träume.

Wie mehrere meiner Freundinnen ist sie kunstinteressiert und in meinem Alter. Über alles liebt sie die Ostsee und kümmert sich um die Katzen aus ihrem Bekanntenkreis, wenn Not am Mann ist. Durch eine Zeitung, die bei mir immer ungelesen in den Papierkorb wandert, erfuhr sie vom *Tag des offenen Ateliers* in Friedrichshagen, und wir verabredeten uns spontan.

Sie war sehr aufgekratzt, denn zwei Tage zuvor hatte sie einen wichtigen Termin beim Arbeitsamt. Um ihren Hartz-IV-Bezug zu begründen, sollte sie nachweisen, wo sie sich in letzter Zeit beworben hatte und aktuelle Bewerbungsunterlagen mitbringen. Sie rechnete nicht damit, in ihrem Alter noch dermaßen auf Trab gehalten zu werden und benötigte zunächst vernünftige Bewerbungsfotos. Welchen Eindruck wollte sie damit vermitteln, Kompetenz oder Inkompetenz, Energie oder Abgeschlafftheit?

Eigentlich hatte sie ja genug in ihrem Garten zu tun. Sie ging ins Bad, kämmte ihre Haare, färbte ihre Wimpern. Lidschatten und Lippenstift ließ sie weg. Genau die richtige Aufmachung, um eine Stelle an der Rezeption oder als Putze im Altenheim zu bekommen. Das Geld für den Fotografen wollte sie sparen, ein Automat tut es auch, vielleicht der im S-Bahnhof, wenn er nicht wieder zerstört ist. Zerstört war er nicht, dafür verdreckt und mit Graffiti besprüht. Viel falsch zu machen gab es an dem Automaten nicht. Fünf-Euro-Schein in den Schlitz stecken und dem folgen, was die komische Frauenstimme verlangte. Sie wollte doch nur vier unterschiedliche Fotos und verbrachte zwanzig Minuten in dem Kasten. Nach weiteren drei Minuten kam endlich der Streifen mit den Fotos heraus. Es war kein einziges dabei, was sie hätte für die Partnersuche im Internet verwenden können, geschweige denn, sich damit bewerben.

Schließlich kam sie auf des Pudels Kern: „Stell dir vor, ich soll in der Grundschule als Lehrerin arbeiten. Auf so eine Oma wie mich haben die Kids gerade gewartet."

Sie hatte keine Ahnung, ob sie den Job annehmen sollte, und hoffte auf meinen Rat. Sollte sie sich die Bezüge kürzen oder von den Gören auslachen lassen?

Klar, dass sie ein wenig Abwechslung brauchte. Treffpunkt war das Kino am Bahnhof. Ich traf sie an im Gespräch mit einem jungen Mann, oder einer Frau? Von der Stimme und den Gesichtszügen noch Mann, sonst Frau.

Das Wesen *www.sandyparker.de* vom Atelier-Shuttle war gekleidet in ein rosa Berlin-Shirt, weißen Minirock, blickdichte Strumpfhose, weiße Pumps, drei Zentimeter hoher Absatz, rosa Brille, die Haare zum Pferdeschwänzchen über dem Kopf gebunden. Anne verwechselte mehrmals *er* und *sie*, entschuldigte sich andauernd, ich blieb stur beim *sie*.

„Flotte Biene", dachte ich, „schon heraus aus dem falschen Körper. Hauptsache, sie lässt sich nicht noch ihren Busen vergrößern!"

Für ganze drei Euro pro Person und Stunde wurden wir zu den etwas abgelegenen Ateliers gefahren und erfuhren viel über den Ort – Geschichtliches und Kunsthistorisches. An ihrer Fürsorglichkeit und Betreuung merkte man gleich, dass *www.sandyparker.de* oft mit älteren Herrschaften unterwegs ist. Ich nahm einen ihrer Flyer in die Hand. Oho! *Exklusiver Begleitservice zu extravaganten Clubs und bizarren Mode- und Shoppingberatungen in den aufregendsten Boutiquen der Stadt. Erotische Erlebnisreisen in Berlin.* Wie toll für die älteren Herrschaften!

Zu Ende war die Fahrt dann am See, von wo aus wir zu Fuß die weiteren Ateliers entlang der Hauptstraße abklappern wollten. Dabei hatten wir Sandy Parkers Hinweis im Ohr, dass wir jederzeit in ihrer Mode- und Shoppingberatung willkommen seien. Wir fragten uns ernsthaft, ob wir wirklich so *unstylisch* und *altbacken* gekleidet sind. Dabei sagte man uns immer nach, dass wir für unser Alter noch recht sportlich unterwegs seien.

„Vielleicht bin ich ja sogar noch grundschultauglich?", fragte Anne. „Um Kinder zu bespaßen, dafür reicht es gerade noch."

Ich gab ihr recht. Dann ging es weiter zur Villa am See. Dort stellten vier Künstler aus. Die riesigen Gemälde und Skulpturen verliehen dem Raum eine geheimnisvolle Atmosphäre, selbst die Treppenaufgänge waren einbezogen.

Noch ganz benommen von den Eindrücken liefen wir die Straße hinauf. Anne kam immer wieder auf *ww.sandyparker.de* zu sprechen, ärgerte sich darüber, dass sie einige Male *er* gesagt und damit ihre neue Körperlichkeit nicht in ausreichendem Maße gewürdigt hatte. Mir dagegen erschien gerade das Bild von dem kleinen Jungen vor Augen, der sich in der Villa an der Latte einer vergeistigten Holzskulptur zu schaffen machte. Ich musste schmunzeln, denn der Vater des Jungen hatte das überdimensionale Gliedmaß als solches erkannt und seinen Sohnemann von der Figur weggezerrt. Dabei war es doch *Kunst zum Begreifen*, und der Kleine plärrte herum, weil er das Teil noch nicht zu Ende untersucht hatte. Wer weiß, vielleicht wird er ja später ein berühmter Urologe?

Nach weiteren sechs Ateliers, alle mit eigenem Flair, ebenso wie die dazugehörenden Künstlerpersönlichkeiten, brauchten wir eine Pause, denn uns schmerzten die Beine. Wir mussten die Eindrücke erst einmal verarbeiten und ließen uns an einem Imbiss nieder, um eine Kleinigkeit zu essen. Vielleicht war es auch ein Biergarten, oder es wurde dort einfach nur viel Bier getrunken. Unser Tischnachbar, nicht älter als wir, bestellte sich jedenfalls eins nach dem anderen, wobei er uns lüsterne Blicke zuwarf.

Wir dachten wohl beide dasselbe: „Der deutsche Mann um die 60 – einfach abtörnend!"

Trotzdem stachelt Anne mich immer wieder an, mit ihr gemeinsam eine Annonce in die Zeitung zu setzen. Sie griff wieder einmal auf ihre Erfahrungen von vor zehn

Jahren zurück, wo sie etliche Zuschriften erhalten und einen vielbeschäftigten 55-jährigen Kriminalkommissar abbekommen hatte. Dabei schaute sie immer wieder zu unserem Tischnachbarn, weil der sie an ihren damaligen Fehlgriff erinnerte.

Einige Tage später erzählte sie mir so ganz nebenbei, dass sie *www.sandyparker.de* als Mann, als sehr attraktiven Mann, im Baumarkt gesehen hätte. Nun fühlt sie sich für dumm verkauft, hinters Licht geführt und ärgerte sich nachträglich über ihr schlechtes Gewissen bezüglich der Verwechslungen von *sie* und *er*.

*„Ob du eilst oder langsam gehst,
der Weg bleibt immer der gleiche"*

Chinesische Weisheit

Haubentaucher-Tango

In Frauenrunden werden oft skurrile Internet-Erlebnisse zum Besten gegeben. Bei einem Gläschen Wein lockert sich die Zunge. Unsere Runde besteht aus fünf Frauen unterschiedlichen Alters, zwischen 35 und 63. Wir sind in verschiedenen Singlebörsen unterwegs, sehen sehr unterschiedlich aus, wohnen in verschiedenen Orten, keine Beschreibung gleicht der anderen.

Eines haben wir jedoch gemeinsam, wir glauben alle nicht mehr so recht an den Erfolg unserer Mission *Internetbekanntschaft*. Irgendwie ist es absurd, man meldet sich an, um etwa den Mann fürs Leben zu finden, gibt sich aber überhaupt keine Mühe, weder mit dem Profil noch mit dem Foto. Was für ein Mann soll denn da anbeißen? Dabei sind wir alle fünf gestandene Frauen und keineswegs weltfremd.

Gitti zum Beispiel, die ich in einem Chat kennengelernt hatte, wurde in einer der *Ü-50-Plattformen* von einem Mann angeschrieben, der sie süß fand und gleich mit Zuckerpuppe und Gute-Nacht-Küsschen mit Schleifchen Eindruck machen wollte. Welche Frau um die 50 fände das nicht lustig, wenn sie etwas Humor besitzt? Dazu sein Foto und seine Stimme auf dem Anrufbeantworter! Alles etwas durchgeknallt. Trotzdem gab die ansonsten vorsichtige, etwas rundliche Gitti ihre Festnetznummer preis, worüber sie sich im Nachhinein ärgerte. Es folgten nächtelange Telefonate, in denen man sich näherkam, denn man kommt aus demselben *Stall*. Ähnliche Kindheits- und Jugenderlebnisse verbinden. Man hätte sogar auf der gleichen Schulbank sitzen können. Das schafft Vertrauen. Er machte einen sehr intelligenten und gebildeten Eindruck, aber irgendetwas kam ihr eigenartig vor. Sie schaltete ihren Verstand aus und verabredete sich mit ihm zum Frühstück, denn sie ist weder ängstlich noch mit Vorurteilen behaftet. Sie recherchierte im Internet mit Hilfe der angegebenen Adresse und fand heraus, dass es sich um Betreutes Wohnen handelte. Gut, sagte sie sich, vielleicht hat er ja auch einen kleinen Gelenkschaden. Mit einem Dachschaden hatte sie vom Telefonieren her nicht gerechnet, nahm sich aber fest vor, mit ihm in ein Restaurant oder Imbiss essen zu gehen. Nachdem er nicht wie vereinbart am Zeitungskiosk erschienen war, wollte sie nach Hause fahren, und rief ihn kurz an. Jetzt konnte er sich offensichtlich wieder an das Treffen erinnern und fegte fünf Minuten später um die Ecke. In eine Gaststätte wollte er nicht, da er sich mit dem versprochenen Frühstück so große Mühe gegeben hatte.

Entgegen aller Vernunft und ihrem Gefühl ging sie mit in seine Wohnung, die sie an einen Trödelladen erinnerte. Es beruhigte sie etwas, ihrer Nachbarin Namen und Adresse gegeben und mit ihr einen Kontrollanruf vereinbart zu haben. Nachdem Gitti seinen offensichtlich ersten Teddy vernünftig angezogen hatte, klagte er ihr sein Leid über die psychisch kranken Nachbarn. Das mit dem

Frühstück war ihm offensichtlich schon wieder entfallen, stattdessen rückte er ihr auf die Pelle. Schließlich ist sie unter den gegebenen Bedingungen aufgestanden und gegangen, ins nächste Restaurant, um erst einmal etwas zu essen und sich abzureagieren.

Wir sahen uns alle sehr fragend an, nach dem Motto: „Das hättest du dir doch denken können, worauf das hinausläuft!"

„Also, ich treffe mich nur in Restaurants, wo was los ist oder an belebten Orten", meinte Netti, Gittis Tochter. „Wenn man dich schon mal aus den Augen lässt!"

Mit ihren 35 Lenzen ist Netti die Jüngste in unserem Freundeskreis, hat aber schon mehr Dating-Erfahrung als wir alle zusammen. Schließlich gehört sie zu der Generation, die mit Internet, twittern, bloggen und Co aufgewachsen ist und für die es keine virtuellen Datinghemmschwellen gibt. Ihr Laptop ist für sie schon so etwas wie ein Lebensmittel geworden, auch bei der Partnersuche. Sie meldete sich aus Spaß in sechs verschiedenen Singleportalen gleichzeitig an, von denen bis auf zwei alle kostenlos waren. Dort schlüpfte sie in unterschiedliche Rollen von *überemanzipierter Paukerin* über *sexy Partymaus* bis hin zur *lustigen Verkäuferin am Spirituosenstand.* Als lustige Verkäuferin hatte sie die meisten Anfragen. Mehrere Männer wollten wissen, wo der Schnapsstand ist.

„Humorvoll kommt halt am besten!" Sie sah in unsere verdutzten Gesichter und musste lachen. Keiner von uns hätte vermutet, dass sie auf solche Tricks zurückgreifen muss.

Ich war natürlich neugierig und wollte wissen, zu welchen tiefgreifenden Erkenntnissen und vor allem Ergebnissen sie gelangt ist.

"Zunächst einmal musst du vermeiden, in deinem Profil als spaßbefreite Schlaftablette rüberzukommen, sondern lieber klug und ein bisschen ulkig!", meinte Netti.

„Und das hilft?", fragte Biggi, die am Nebentisch unserem Gespräch lauschte und zufällig in Berlin war. Es stellte sich heraus, dass sie in einem von Nettis Internetportalen angemeldet war und einige eher abtörnende Erlebnisse hatte.

Das mit *Kochlöffel*, wie er sich nannte, sitzt noch heute tief. Biggi war damals 45, alleinerziehend mit einer 12-jährigen Tochter, als sie den hübschen, anfangs total netten Mann kennenlernte.

Nach zwei Wochen Hin-und-her-Geschreibe trafen sie sich schließlich in einem Restaurant während ihrer Mittagspause, so wie sie es in verschiedenen Ratgebern gelesen hatte. Nach diesem Treffen, in dem er einige Sympathiepunkte bei ihr erzielen konnte, erfolgte sogleich die Einladung zum Essen bei sich zu Hause. Er würde etwas Tolles kochen. Da sie in der Zwischenzeit oft miteinander telefonierten, wuchs ihr Vertrauen.

Gitti ahnte schon, worauf das Ganze hinauslief, dachte an ihr Frühstückserlebnis. So kam es dann auch. Er hatte gar nicht gekocht, sondern stand mit Unterhosen da, als er ihr die Tür öffnete.

Weil wir so ungläubig dreinschauten, wurde sie stink-sauer auf den Typen und berichtete: „Natürlich wollte ich mir auch nicht an die Wäsche lassen. Dafür hat er mich auf das Übelste und Perverseste beschimpft, so dass ich mich von ihm losriss und mit den Schuhen in der Hand aus der Tür raste, die ich gerade noch öffnen konnte. Sprichwörtlich mit wehenden Fahnen, in der einen Hand meine Jacke, jagte ich die Treppe hinunter und nichts wie weg. Ich hatte echt die Panik. Nach dieser Aktion hat er mir noch gesimst, ob ich nicht noch mal kommen wolle, mit ihm einen Porno anschauen. Er brüstete sich damit, darin der Hauptdarsteller zu sein und mir die heißesten Gefühle bescheren zu können mit seinem Doppeldildo. Ganz blauäugig war ich auch nicht, hatte einer Freundin seine Adresse gegeben. Aber das ging alles so schnell."

„Hast du den Vorfall gemeldet?", fragte Netti, die auch schon haarige Typen blockiert oder angeschwärzt hatte. „Obwohl ich mich bei den Betreibern der Partnerbörse beschwert hatte, macht er schön weiter. Habe sogar meine Handynummer geändert, weil er mich weiter mit SMS bombardiert hat."

Wir schüttelten fassungslos den Kopf, und Biggi setzte noch einen drauf: „An dem Abend als er frisch geduscht in einem Hotel in Düsseldorf auf dem Bett lag und mit mir Telefonsex machen wollte, hatte es mir gereicht. Ich solle mich bloß nicht so anstellen, das war seine letzte SMS an mich."

„Der Kerl ist doch wirklich mit dem Kochlöffel ge-schlagen", sagte Gitti wütend.

„Wenn ich eines daraus gelernt habe, dann dass ich mich nie wieder nach dem ersten Date bekochen oder weich kochen lasse."

„Ganz bestimmt gibt es auch Männer, die bereit sind, um die Liebe einer Frau zu kämpfen und ihr Testosteron im Griff haben, aber das ist wie die Suche nach der *Nadel im Heuhaufen*", fügte Bea hinzu, die sich inzwischen zu uns gesellt hatte.

Bezug nehmend auf den *Heuhaufen* meinte Gitti, dass sich das Jagdverhalten des Mannes kaum verändert hätte, lediglich die Jagdreviere. Es herrschten die gleichen Regeln wie in der Natur: „Männchen will erobern, vielleicht erst mal mit Worten, will sich aufplustern wie ein werbender Erpel, wochenlang den Haubentaucher-Tango tanzen oder Rad schlagen wie ein Pfau. Eigentlich sucht er ja eine Frau, die seine Werbung wohlwollend beobachtet und ihm dezent aber verständlich applaudiert."

Das hatte sie irgendwo gelesen und musste es einfach zum Schluss noch zum Besten geben.

„*Die Liebe ist das Gewürz des Lebens.*
Sie kann es versüßen, aber auch versalzen."

Chinesische Weisheit

Sometimes what looks like an ending is just a pause before a new beginning ♡ Sometimes what looks like an ending is a pause before a new beginning

Krimineller gesucht

„Krimineller gesucht,
der in mein Leben einbricht,
mir mein Herz stiehlt,
meinen Verstand killt,
meine Seele fesselt,
mich aus der Bahn wirft,
mir den Atem raubt,
mich wie ein Virus befällt
und meine
Schmetterlinge fliegen lässt."

„Bin Biggi, 47, 1,69, ein paar Pfunde zu viel, aktiv, musikalisch, nicht ohne Lackschäden. Suche intelligenten, optimistischen, humorvollen Gefährten fürs Leben, NR/NT, mit Interesse für Kultur und Kochen, Reisen und Meer."

Lange hatte Biggi an diesem Text gefeilt und ihn schließlich im Stadtmagazin kostenlos veröffentlicht. Inzwischen war es Herbst geworden, und ich besuchte sie nach dem Kloster-Wochenende mit meinem Freund. Mitgebracht hatte ich ein Programm vom Heilfasten, für das sie sich brennend interessierte.

Sie erzählte mir von ihrer Annonce und dass sie mit Online-Dating in der Vergangenheit keine guten Erfahrungen gemacht hätte. Auch nach dem Erlebnis mit *Kochlöffel* kam es nie zu einem Date, das eine gemeinsame

Zukunft versprochen hätte. Wir amüsierten uns über den Text. *Krimineller gesucht*, lustige Einfälle hatte sie jedenfalls! Diese außergewöhnliche Annonce war so etwas wie ein neuer Versuch, einen Mann, der nicht in ihr bisheriges Beuteschema passte, kennenzulernen. Sie zweifelte nicht daran, dass zumindest einer den Humor hinter den Zeilen versteht und ebenso kontert.

Natürlich gab es da einen Kfz- Schlosser, der sich für ihre Lackschäden interessierte, sie sich aber nicht für seine, und einen Polizisten, der auf Jagd nach Kleinkriminellen war.

Biggi wollte gerade die Anzeige löschen, da erhielt sie doch noch eine ernst zu nehmende E-Mail: „Hallo Biggi 57, ich werde meine ganze kriminelle Energie zusammennehmen und versuchen, dir das Herz zu rauben. Da du Lust auf Kultur und Kochen hast, lässt sich der Tatort schon etwas eingrenzen.

Auf einen zarten Raubzug,

lieben Gruß Andi

PS: Vielleicht bist du der große Coup!"

Andi schien den nötigen Humor für eine interessante Kommunikation zu besitzen und fiel erst einmal nicht durchs Raster. Deshalb wollte sie mehr über ihn und die Beweggründe für seine Zuschrift erfahren.

Seine Antwort kam schon am nächsten Tag: „So wie du schreibt nur jemand, der 1-zig, aber nicht artig ist, einen 2-deutigen Humor besitzt, bis 3 zählen, auch mal alle 4-re von sich strecken und 5-e gerade sein lassen kann. Wenn Du dann auch noch etwas für 6 übrig hast, 7 Sünden wert bist, andere Menschen 8-test, nicht 9-mal klug bist und auch ab und zu die 10-ne zeigen würdest, dann wären meine Erwartungen weit übertroffen."

„Gut gekontert, Andi", schrieb sie. „Vielleicht könntest du ein wenig mehr ins Detail gehen und mir zumindest die Informationen rüberwachsen lassen, die du auch von mir hast. Oder hast du was zu verbergen? Ich bin tatsächlich 1-malig, weder altbacken noch altmodisch oder gar altklug. Dafür bin ich aber nicht neurotisch, eher erotisch, vor allem aber neugierig, heiße Neumann, bin gerade im Kloster Neuzausel zum Heilfasten und träume von Neuseeland. So, nun bist du dran mit deiner Beichte."

Andis Beichte folgte prompt, fiel aber für ihren Geschmack viel zu kurz aus: „Über Neuseeland könnte ich dir eine Menge erzählen. Aber mich interessiert sehr, was du im Kloster so treibst außer fasten."

In diesem Moment interessierte sie Neuseeland überhaupt nicht, ihr gefiel einfach der Name, weil das *Neu* so gut passte. Es hätte ebenso Neuholland bei Löwenberg, Neu Boston bei Storkow oder Neubrandenburg sein können. Sie wollte etwas über ihn wissen; Alter, Größe, Job und Interessen.

„Na ja, wenn er nichts zu verbergen hat, dann wird er schon noch ein paar Geheimnisse preisgeben", sagte sie sich. Unter anderem, weil sie nachts nicht schlafen konnte, antwortete sie auf seine Beichte. „In Kurzform", so schrieb sie, „ist das Credo hier; 10 Tage lang Brühe statt Braten, kein Alk, keine Zigaretten, Kuchen und Torte ade,

Ruhe finden beim Wandern und bei der Gymnastik, Teilnahme an den Andachten in der Kapelle, wenn Du nicht zu ausgehungert bist."

Die sonst so lustige Biggi versuchte, die Fastenzeit mit Humor zu tragen, was ihr allerdings nicht immer gelang. Zweieinhalb Tage fühlte sie sich wie durch den Wolf gedreht, schlapp, grau, schlecht drauf. Der gesamte Kau- und Verdauungsapparat aber vor allem die Psyche, liefen Amok. Die Brühe mittags und abends wurde zum Lebenselixier, vor allem, wenn sich Spuren von Sellerie oder gar Kartoffeln darin befanden. Man sah jedenfalls nichts, die Brühe war klar wie Wasser. Der Körper wollte Energiezufuhr und musste selbst aktiv werden. Allerdings war sie abends zu schlapp, um in die Sauna zu gehen. Nachts wälzte sie sich im Bett herum, denn um 22 Uhr war Nachtruhe angesagt. Zu Hause setzt sie sich gewöhnlich dann erst an den Computer, um ihre Mails zu checken und zu beantworten. So versuchte sie, sich mit Gedanken an Andi abzulenken.

Dann kam tatsächlich die Wende. Plötzlich schien die Sonne ins bunte Blätterdach der Bäume. Der frische Herbstwind fuhr in das heruntergefallene farbenprächtige Laub und alles war freundlicher, als wäre ein Vorhang gefallen. Sie atmete tief durch. Die sonst so tristen Tischrunden arteten in Comedy aus, die Gespräche waren lustig, und es wurde viel gelacht. Sie hatte Spaß am meditativen Malen, ließ dabei alles raus, was sie belastete, auch ihre krassen Männergeschichten. Man sprach plötzlich über seine verschütteten Wünsche und Träume. Bevor sie ins rein Seelische davon flattern konnte, holte sie die Verdauung auf den Boden der Tatsachen zurück. Beim Essen wurde ganz ungezwungen über Einläufe gegen Kopfschmerzen und ab und zu auftretende Fastenkrisen gefachsimpelt.

Biggi interessierte sich sehr für das Leben der Nonnen und fand, dass die Gespräche mit ihnen über das Klösterliche viel zu kurz kamen. Die vereinzelten Männer in der Fastengruppe wurden dagegen behandelt wie Exoten. Dafür erhielt Biggi die Chance, in der Nachmittagsandacht, dem Gesang der 15 Nonnen zu lauschen. Sie stellte sich vor, sie müsste sich so tief hinunterbeugen und dabei noch in höchsten Tönen Psalme singen. Ihr würden neben der Wasserbrühe auch die Noten aus dem Mund fallen. Beim Sport klappte es schon viel besser, sie fühlte sich leichter und beweglicher.

Das alles entnahm ich ihrem Bericht über die Fastenzeit im Kloster, als ich sie kurz darauf in fröhlicher Stimmung wiedertraf. Ich wollte unbedingt wissen, was es ihr außer den 5 Kilo, die sie abnehmen konnte, brachte, reine Neugier. Selbst hatte ich keine Ambitionen für solch eine Quälerei.

„Wach ohne Kaffee, fit ohne Fett!", verschmitzt lächelnd erzählte sie mir ganz einfach den Witz, den ihr Andi gesendet hatte: „Fährt eine Nonne mit dem Auto übers Land. Ihr geht das Benzin aus, sie geht zu Fuß zur nächsten Tankstelle. Weltfremd wie sie ist, vergisst sie aber den Kanister. Der Tankwart hat ein weiches Herz und gibt ihr schließlich einen Nachttopf voll Benzin. Die

Nonne geht mit dem Pisspott zu ihrem Auto zurück und beginnt, das Benzin einzufüllen. Da kommt ein anderes Auto vorbei und hält. Der Fahrer kurbelt das Fenster herunter und staunt: Schwester, ihren Glauben möchte ich haben!"

Natürlich war ich neugierig: „Beichte, bist du jetzt mit Andi zusammen?"

Biggi entgegnete etwas lakonisch: „Ich sag es doch Schwester, deinen Glauben möchte ich haben!"

„Willst Du für eine Stunde glücklich sein,
dann betrinke dich.
Willst du drei Tage glücklich sein,
dann heirate.
Willst du eine Woche glücklich sein,
dann schlachte ein Schwein.
Willst du dein Leben lang glücklich sein,
dann werde dein eigener Gärtner.

Chinesische Weisheit

Tina Lev

Treuetest

Nachdem ich einige sexistisch gefärbte Anfragen von wesentlich jüngeren Männern erhalten und abgewimmelt hatte, spielte ich mit dem Gedanken, mich auf Ü55 schnellstens wieder abzumelden.

Den gleichen Gedanken hatte auch Babsi aus Flensburg, die ich auf dieser etwas reiferen Dating-Plattform kennenlernte. Beide glaubten wir, dort seriösere Herrschaften anzutreffen. Mit über 60 hat man doch keinen Bock mehr auf Abenteuer! Sie hatte einige bizarre Erlebnisse, wusste jedoch nicht, wie man dort wieder herauskommt.

Mir gefiel ihr Profiltext. Da sie eine kreative Frau ist, wollte ich mich zunächst mit ihr über das Portal austauschen, denn ich hatte nicht den besten Eindruck vom Männerangebot in unserer Altersgruppe.

Babsi hoffte, ihre verfahrene Situation ändern zu können, indem sie im Internet herumsucht. Die Ehe mit dem zwölf Jahre älteren Mann mit Herzinfarkt existierte nur noch auf dem Papier. Von der Arbeit in Haus und Garten fühlte sie sich glatt überfordert, da sie alles selbst machen musste. Er hockte ja nur vor dem Fernseher und hielt die Macht über die Fernbedienung. Dann verzog sie sich in ihr Zimmer an ihren Laptop und loggte sich bei *Ü55* ein in der Hoffnung, dort einen Mann zu finden, der sie verstand. Allerdings hatten die Männer, die sie anschrieben, noch größere Probleme als sie selbst. Was sie sich anhören durfte, war immer dasselbe, die böse Ex, die armen Kinder, das Haus, die Schulden, die Streiterei um den Hausrat, sie konnte es nicht mehr hören.

„Und", schrieb sie, „es sind doch ohnehin nur die Frauen, die sich Probleme von Männern aufladen. Also weiter nichts als raus aus dem Portal!"

Dann wiederum fanden wir es toll, dass wir uns gefunden hatten. Sie interessierte sich sehr für meine Blumenkreationen und kannte sogar den Wohnladen, den ich konzipiert hatte. Deshalb war ich öfter in Flensburg. Sie bewunderte meinen Mut, in der kleinen Pension *Pippilotta*, einem verqualmten Schuppen, zu übernachten. Im Internet wurde sie als Schnäppchenangebot offeriert, und als alter Pippi-Fan schnappte ich sofort zu. Der erste Eindruck war nicht der allerschlimmste, und ich verstand zunächst nicht, was Babsi meinte. Zugegeben, als mir die Brille unters Bett fiel, sah ich die Staubmäuse, und als ich sie gefunden hatte, auch die Spinnweben, die von der Decke herabhingen. Die Wirtin, hochschwanger, Chefin, Serviererin und Zimmermädchen zugleich, war wohl schon mehrere Wochen die kleine Stiege zu meiner Kammer nicht mehr hinaufgekommen.

Babsi fotografiert gern und arbeitete gerade an ihrem neuen Wolkenbuch. Durch ihr Hobby und ihren Job als Bade- und Schwimmmeisterin ist sie ausgelastet und empfindet es inzwischen als Zeitverschwendung, sich mit geistlosen Kerlen abzugeben.

Eine Story wollte sie mir doch noch erzählen, die mit *Mephisto*, wie er sich nannte; 58, 1,80 groß, 94 kg, getrennt lebend, drei erwachsene Kinder, Sternzeichen Löwe, Gelegenheitsraucher, trinkt ab und zu, aber nur bei Festivitäten. *Mephisto* ist konfessionslos und im Wissenschafts- und Medienbereich tätig, hat sogar promoviert. Nach all den Flops hatte Babsi zumindest einen niveauvollen Gedankenaustausch erwartet.

Zugegeben, sein Foto war verlockend und irreführend zugleich: Er im Kosakenkostüm, als sei er soeben einer Aufführung des Säbeltanzes von Chatschaturjan entsprungen. Sie als Musik- und Ballettfan machte es zumindest neugierig.

Als Sprachkenntnisse gab er an: deutsch, englisch, türkisch, russisch und arabisch. Außerdem war für sie sehr interessant, was er bei einer Frau mag, und Babsi fand sich darin wieder. Er schrieb, dass es vor allem ihre sinnlichen Augen sind, in denen er sofort ertrinken möchte, ihre erotische Ausstrahlung und anziehende Weiblichkeit. Das alles entnahm er ihrem Foto, das schon einige Jahre auf dem Buckel hatte.

Babsi empfand sich als normale Frau und war, wenn sie einen Mann, der sie interessierte, lange genug kannte, auch offen für Sex, aber halt nicht umgekehrt. Sie schrieb ihm, dass es zu ihren Grundprinzipien gehöre, die Reihenfolge einzuhalten. Ihr ging es zunächst darum, über ihre Lebensvorstellungen zu kommunizieren und sich dann persönlich kennenzulernen. Natürlich hatte auch sie romantische Träume, die sie jedoch nicht gleich preisgab.

Er wünschte sich aber schnell mehr und schrieb von leidenschaftlichen erotischen Erlebnissen. Sie wollte sich mit ihm nach so kurzer Zeit jedoch nicht über seine sexuellen Phantasien austauschen, was sie ihm auch mitteilte. Das Thema Sex wollte sie noch vertagen. Mephisto ging gar nicht auf ihre Fragen ein und schwenkte sofort um auf sein Lieblingsthema, fiel gleich mit der Tür ins Haus. Das bedeutete für sie: „Aus die Maus! Soll er doch selber das Piano sein, auf dem er seine Etüden spielt!"

Er war ja schließlich nicht der einzige Mann im Dating-Dschungel. Statt sich abzumelden, hatte Babsi einen neuen Account unter dem Namen *Wolke7* angelegt. Ihr Profilbild änderte sie ebenfalls, stellte ein Foto ein, das ihre Cousine vor 30 Jahren in Paris von ihr geschossen hatte. Für sie war es mehr oder weniger ein Spaß. Eigentlich wollte sie nur mal sehen, ob die Männer bemerken, dass etwas nicht stimmen konnte und ob eine bestimmte Person darauf hereinfällt.

Von den 40 Nachrichten, die sie in der ersten Woche erhielt, bezweifelten lediglich zwei, dass das Foto aktuell sei. Die Zuschriften strotzten nur so von Belanglosigkeiten: *Siehst sexy aus, toll gehalten, möchte dich kennen lernen …*

Einige der Herren kannte sie ja bereits unter ihrer vorherigen Identität, zum Beispiel *Rettungsring*, mit dem sie immerhin zwei Jahre lang eine freundschaftlich-platonische Beziehung führte. Er hat ein mächtiges Feinkostgewölbe, vom *Frustessen* wegen seiner verkorksten Ehe, wie er sagte. Natürlich war er auch nach zweieinhalb

Jahren noch verheiratet. Sie konnte ihn gut verstehen. Den Mut, sich scheiden zu lassen, hatte sie auch nicht. Er lud sie ins Restaurant ein, ins Kino und Theater. Alles waren willkommene Abwechslungen für sie. Sie vergaß sogar zeitweise, wie belastend ihre Situation zu Hause war.

Als er seine Felle wegschwimmen sah, wollte er plötzlich mehr als Freundschaft, und Babsi musste aufpassen, dass sie sich nicht in ihn verliebte. Ganz und gar einlassen wollte sie sich nicht auf diesen Mann, weil sie erkannte, welche Probleme durch ihn auf sie zukommen könnten. Sie hatte das Gefühl, er sei kein *Rettungsring*, an dem sie sich ab und zu festhalten konnte, sondern er sei auf der Suche nach einer Seelentrösterin.

Mit Rentenantritt war er in ein tiefes Loch gefallen. Kein Arbeitgeber interessierte sich für ihn, er bekam schlecht Luft, konnte nachts nicht mehr schlafen und tagsüber nur als Couch-Potato sein Dasein fristen.

Essen, Videos gucken, Musik aufnehmen und hypochondrieren, das klappte noch ganz gut. Die einzigen Wege, die er zu erledigen hatte, waren neben den Einkäufen Arztbesuche. Diese waren eigentlich umsonst, da er kein Vertrauen in die Diagnosen hatte und sich Zweit-, Dritt- und Viertmeinungen einholen musste. So läuft er vielleicht heute noch von Professor zu Professor. Glücklicherweise ist er privat versichert, so dass die Krankenkasse nicht meckert.

Babsi sollte sein Problem aus der Welt schaffen, das im Prinzip darin bestand, 50 Kilo abzunehmen. Das war illusorisch, weil es eh zu spät war, da er kaum noch laufen konnte. Sie schwankte zwischen Mitleid und Hingezogensein, war er doch ein aufmerksamer Gesprächspartner. Wie es um ihre Gefühle bestellt ist, wollte sie durch einen heimlichen Treuetest herausfinden. Das war auch der Hauptgrund, weshalb sie wieder ins Internet ging. Angeblich war *Rettungsring* in *Ü55* nicht mehr aktiv, hatte sein Passwort vergessen.

Und siehe da, schon zwei Tage nach ihrer Neuanmeldung begann er, sie anzubaggern, pries ihre Jugendlichkeit und ihre positive Ausstrahlung. Babsi ging darauf ein und lockte ihn mit gezielten Fragen aus der Reserve. Plötzlich war er geschieden, Single, ohne Freundin und auf der Suche nach einer neuen Beziehung. Er gab Vollgas, obwohl er ansonsten eher träge war, *Kreislauf, Rücken und Knie* hatte. Angesichts ihres Jugendbildnisses war er wohl in einen Jungbrunnen gefallen und verabredete sich mit *Wolke7* in seinem und Babsis gemeinsamen Lieblingsrestaurant. Obwohl es ihr schwer fiel, ging sie nicht hin, sondern hüllte sich in Schweigen.

Ach ja, da gab es noch Mephisto, der baggerte und baggerte.

„Jede Minute, die man lacht
verlängert das Leben um eine Stunde."

Chinesisches Sprichwort

Der Radfahrer

Im August hatte ich endlich geschafft, wovon so viele Frauen träumen, in Rekordzeit. Am 12. Juli hatte ich mich bei *Floppi*, einer Singlebörse, angemeldet und ein nettes Foto, ich mit Eisbecher, eingestellt, Lieblingspseudonym *blauer.flieder*.

Am 23. Juli schrieb mir *E.T.* zum ersten Mal, und am 15. August stellte ich den Beziehungsstatus in meinem Kopf auf *verliebt*.

In mein Profil investierte ich diesmal nicht viel Zeit, schrieb auf, was mir spontan einfiel: „Ich mag Kommunikation, Offenheit, Ehrlichkeit, Männer, die größer sind als ich und ein Hobby haben, Natur, Meer mit Wellen, je höher, desto lieber, Blumen, Tiere, Schreiben, Lesen, Fotografieren, Schwimmen, Rad fahren, Schaukeln, Mangoeis, Spaß und Jux – und du?"

E.T. begnügte sich in seinem eigenen Profil nicht mit ein paar Stichworten, war aber von meinen Hobbys angetan und wollte mehr darüber wissen.

Von Kindheit an bin ich kreativer als die meisten Gleichaltrigen. Meine ersten Bücher waren bekritzelt mit Marsmännchen, die lange Arme hatten, und Hände, die aussahen wie Rechen mit fünf Zinken. Da gab es Männchen und Weibchen und auch Tiere, die ihnen ähnlich waren, passend in *E.T.'s* Welt. Ich liebte es, mit Knöpfen zu spielen, mal waren sie Muster, mal Kinder in der Schule. Die dunklen waren die Jungen, die schönen bunten die Mädchen. Diese waren fleißiger und intelligenter als die braunen oder schwarzen. Im Garten hatte ich mein eigenes kleines Blumenbeet, und auf dem Küchentisch stand immer ein frischer Blumenstrauß.

Seit ich wieder zurück in Berlin bin, gehe ich mit meinen Blumenkreationen auf kleinere Märkte. Passend dazu gestalte ich aus Holz, Draht, Knöpfen und anderen Materialien Deko für Fensterbank, Balkon oder Terrasse. Diesmal hatte ich mich für einen kleinen Markt an der ehemaligen Zigarettenfabrik angemeldet. Mein Blumenparadies war durch seine Farbenpracht weithin zu sehen. Meine Standnachbarin, eine junge Frau in den Dreißigern, nähte Taschen aus Fahrradschläuchen und Gürtel aus Fahrradmänteln. Niemals zuvor sah ich so etwas, eine echte Novität. Besonders reizvoll fand ich die Punkertaschen mit Ventilen.

Zwischen zwei Bieren in einer ihrer Zigarettenpausen kamen wir miteinander ins Gespräch über Partnersuche im Internet. Sie erzählte mir, dass sie in einer Singlebörse angemeldet und ganz verzweifelt sei, wenn jemand nicht zurückschreibt, ihrem Foto Missachtung entgegenbringt oder nach dem ersten Treffen nichts mehr von sich hören lässt. Sie hatte sich wie ich bei *Floppi* angemeldet, da es ein kostenloses Portal ist.

Ihre Gedanken kamen mir bekannt vor: „Natürlich musste man erst einmal die Spreu vom Weizen trennen, aber dass es so anstrengend sein würde, hatte ich nicht erwartet. Gesucht habe ich eine Beziehung, bekommen habe ich beziehungsgestörte Typen mit einer Vorliebe für schnelle Nummern. Ich habe fünf oder sechs Dates gehabt, mit einem Steuerfahnder, einem Juristen, einem Erzieher, einem Fotografen und einem Medizinstudenten. Das waren mehr oder weniger sonderbare Erlebnisse.

Der Steuerfahnder war wirklich zum Gähnen, der Jurist hatte einen blöden Humor, der Fotograf war zwar spannend, schien sich aber daran zu stören, dass ich etwas mehr auf den Rippen habe. Der Mediziner war im letzten Jahr seines klinischen Studiums und absolvierte gerade sein praktisches Jahr in einem Klinikum. Zu sagen hatten wir uns nichts, aber er kam direkt zur Sache.“

Auch ich hatte schon einige seltsame Vögel im Netz getroffen, aber was sie mir von Herrn Doktor noch so erzählte, das war ziemlich deftig. Er war knappe dreißig, studierte noch und gab damit an, dass er das Studentendasein auskosten wolle. Schon in den ersten Chats nannte er ihr den Namen des Klinikums und die Abteilung, in der er gerade Dienst schob. Die pfiffige *Schlauchkünstlerin* zog Erkundigungen ein. Das Klinikum gab es, und er war in der entsprechenden Abteilung unter den Schwestern bekannt wie ein bunter Hund. Er schrieb sehr charmant, dann tauschten sie Telefonnummern aus, und er rief sie von seinem Dienstanschluss aus an. Anschluss und Ort des Klinikums stimmten schon mal. Sie unterhielten sich lange, und er kam sehr nett rüber. Dann machte er den Vorschlag, dass sie ja zu einem Kaffee kommen könne, da er Bereitschaft habe und es gerade sehr ruhig sei. Das ging ihr doch zu schnell, und sie erfand eine Ausrede.

Sie schrieben sich weiter, und er entpuppte sich als *relativ frisch geschieden.* Als *Relativer* und wegen der Prüfungs-ackerei sowie der laufenden Notarzteinsätze könne er sich momentan nur eine langfristige Affäre vorstellen.

Sie wollte sich auch nicht krampfhaft in eine neue Be-ziehung stürzen, sondern erst mal genießen und schauen. Er fragte, ob sie besuchbar sei, er leider nicht, denn er war in einer WG untergekommen. Sie zog sich erst einmal zurück, da sie wegen der Umschulung auch Prüfungs-stress hatte.

Nach zwei Wochen kam eine SMS: „Ich will Dich!" Da sie so nett sei und er sie nicht verarschen wolle, kam das berühmte: „Ich muss dir etwas sagen. Ich bin verheiratet! Schlimm?"

Seine Frau sei schon Ärztin, aber in einer anderen Kli-nik, wäre ständig überarbeitet und hätte keinen Bock auf Sex.

Meine Standnachbarin ließ er wissen, dass er die Hoff-nung auf ein baldiges Treffen noch nicht aufgegeben ha-be. Kurz darauf kam eine SMS von Onkel Doc: „Hallo, ich bin zu Hause, bin krank, kann dich aber trotzdem tref-fen".

Sie schrieb zurück: „O.k., Doc, gib mir mal die An-schrift!"

Er nannte ihr die Anschrift der Wohnung, in der er mit seiner Ehefrau, die gerade im 24-Stunden-Dienst sei, lebt. Laut Internettelefonbuch stimmte sie sogar.

Wir sahen uns an und dachten wohl beide dasselbe: „Sechs Jahre Studium, und naiv wie ein Messdiener!"

Während unser Gespräch so dahinplätscherte, dachte ich an *E.T.* und seine ausführlichen Nachrichten, unsere Telefonate. Ich hatte mich verliebt in seinen ungarischen Akzent. Abgesehen davon, dass er ausgezeichnet deutsch sprach, fiel mir doch auf, dass ihm die Artikel *der, die, das* so fremd sind wie die drei Geschlechter an sich. Er sagte mir, dass es im Ungarischen nur ein einziges Geschlecht für alle Substantive gäbe.

Sein Lieblingsspruch war*:* „Ich beherrsche die deutsche Sprache, aber leider gehorcht sie mir nicht immer."

Einmal quasselten wir zehn Stunden am Stück und hatten uns immer noch viel zu sagen. Er war neugierig auf meine Blumenkreationen, besonders auf die Wildkräuter, und versprach, mich an meinem Stand zu besuchen.

Er nannte sich *E.T.*, hieß im realen Leben Elek, war 58, 1,86, dunkelhaarig, schlank, und in der Elektronikbranche als Entwickler tätig. Er liebte seinen Job, ging zweimal wöchentlich zum Handball und fotografierte leidenschaftlich gern.

Ich behelligte meine Standnachbarin lieber nicht mit meinem Positiverlebnis, war aber gespannt auf unsere erste reale Begegnung. Auch hoffte ich, dass er nicht einer von denen sei, die kalte Füße bekommen hatten.

Er zweifelte daran, dass es überhaupt möglich sei, in einem Internetportal die passende Partnerin zu finden und nannte es *Suche nach der Nadel im Heuhaufen.* Über die Gepflogenheiten in Internetportalen tauschten wir uns ausführlich aus. Wir konnten beide schon auf Datingerfahrungen zurückblicken. Es hatte immer nicht gepasst, da man sich ein ganz falsches Bild voneinander machte.

In irgendeinem Zusammenhang war mir doch tatsächlich herausgerutscht: „Manche Männer hier wollen sich ja treffen, aber dann kommt etwas dazwischen, Rücken, schlimmer Zeh oder Dienstplan, oder sie wollen einfach nur hin- und herschreiben, weil sie sonst nichts zu tun haben." Im Nachhinein ärgerte ich mich über diesen Satz, konnte ihn jedoch nicht rückgängig machen.

E.T. hatte es offensichtlich mit Humor aufgenommen: „Mit der Partnersuche ist das so eine Sache. Natürlich werde ich nicht vorm Fernseher sitzen, mit einer Flasche Bier in der Hand, und darauf warten, dass bei mir jemand klingelt. Es ist mir klar, wenn wir uns etwas näher kennenlernen wollen, dann sollten wir offen aufeinander zugehen. Ich verstecke mich auch nicht, warum auch? Mein Zeh, mein Rücken und die anderen Extremitäten sind o.k. Einen Dienstplan habe ich, aber daran lässt sich rütteln."

Ich war mir sicher, kneifen würde er nicht. „Na wenn nicht Samstag, dann kommt er vielleicht Sonntag?" Er schrieb mir, dass er den Markt nicht finden konnte und es ihm peinlich sei. Ich dachte: „Typisch *E.T.*, er kommt halt von einem anderen Stern!"

Mir tat es wirklich leid, denn von seinen Fotos her war er genau mein Typ. Am Sonntag fuhr ich gespannt los, war mir sicher, dass er kommen würde. Gegen Mittag erschien an meinem Stand ein Radfahrer, ein großer sportlicher Mann mit Bart. Er hatte seinen Helm abgelegt, kam freundlich auf mich zu als würden wir uns schon ewig kennen. Ich reichte ihm die Hand, war sehr erfreut und rätselte, ob er vielleicht mein *E.T.* sei. Aber durch den Bart war ich etwas irritiert, da er versicherte, kein Bartträger zu sein. Trotz allem unterhielten wir uns angeregt über meine Blumenkreationen, so dass ich *E.T.*, der lächelnd an meinen Stand herantrat, erst nach einer Schrecksekunde wahrnahm. Ja, das war er, so hatte ich ihn mir vorgestellt, groß, schwarze Haare, sportliche Figur, lausbübisches Lächeln.

Ich begrüßte ihn freundlich, aber ein wenig zurückhaltend. Währenddessen verschwand der Radfahrer, und ich hatte nur noch Augen für *E.T.* und seine selbstgeschossenen Blumenfotos, die er aus seinem Rucksack holte. Wir unterhielten uns an die vier Stunden, durchlebten drei gewittrige Regengüsse und verabredeten uns schließlich für Dienstag.

Meine Standnachbarin sagte: „Wow, ihr seid aber verknallt ineinander!"

Mails gingen hin und her, Sonntag, Montag, er sendete mir tolle Naturaufnahmen, roten Mohn durch den die Sonne schien, Landschaften im Nebel. Schmetterlinge flogen wie wild.

Dienstag sahen wir uns wieder, wir trafen uns am S-Bahnhof. Ich erkannte ihn schon von weitem mit seiner beigefarbenen Jeans und dazu passendem gestreiften Shirt. Er lud mich in ein Restaurant in der Großen Hamburger Straße ein, und wir verbrachten einen schönen Nachmittag. Da *E.T.* leidenschaftlich gern fotografiert, hatte er seine Kamera dabei, die er mir ausführlich bei Eis und Kuchen erklärte, nachdem wir einige Familiendramen ausgetauscht hatten. Er erzählte mir von Sopron, seiner Heimatstadt, und mich befiel das Gefühl, dass er große Sehnsucht hat. Selbst war ich noch nie in Ungarn, wollte so gerne einmal an den Balaton, und nun war da jemand, der mir davon vorschwärmte und die schönsten Bilder vor mein geistiges Auge zauberte.

Seine Kamera, die war Hightech, gab er mir in die Hand, damit ich ein Foto von ihm machen konnte, das er mir dann zusammen mit ein paar schönen Schnappschüssen von unserer Fotosafari durch die Hackeschen Höfe rübermailte. Mit geübtem Auge suchte er die Motive aus, die es dort festzuhalten gab, seltsame Skulpturen, Metallgebilde und eine hölzerne Wendeltreppe, die auf seinem Foto bis in den Himmel führte. Wir hatten Spaß ohne Ende und ich genoss seinen ungarischen Akzent. Das schrie förmlich nach Wiederholung.

Nach dem Herumstöbern in Kunsthandwerkerläden und Galerien stellte er fest, dass er eigentlich schon längst nach Hause gefahren sein wollte, wegen der Gartenarbeit, die dort auf ihn wartete.

Dann kam der Abschied, ich dachte immer an die Worte aus seinem Statement: „Nimm Du mich bei der Hand!", weil er ja so zurückhaltend und schüchtern war und es ihm sehr darum ging, nicht aufdringlich herüberzukommen.

Ich brachte es nicht fertig. Beim Abschied reichte er mir seine Hand und lächelte mich an, wie um mir zu sagen, wir würden uns noch oft sehen, und er sei glücklich und zufrieden. Ich erwiderte sein Lächeln. Im Halbdunkel stand ich dicht vor ihm, aber er versuchte nicht, mich zu berühren. Er lächelte immer noch, während er mich ins Kino einlud. *E.T.* wollte einen schönen Film aussuchen und noch am Abend ein paar von den neusten Fotos senden. Das tat er dann nachts. Immer und immer wieder schaute ich sie mir an, hätte ohnehin nicht schlafen können.

Die Schmetterlinge kamen allmählich zur Ruhe. Ich konnte mir schon langsam eine Freundschaft mit ihm vorstellen. Wenn ich sein liebes Gesicht auf dem Foto sah, das ich von ihm geschossen hatte mit seiner Kamera, dann gingen meine Gefühle mit mir durch.

Seit Freitag war Funkstille, keine Mail, kein Anruf, natürlich hielt ich mich zurück! Er wollte doch nach Ungarn, dort einiges regeln mit seinem Elternhaus. Ich dachte mir tausend Begründungen aus, um mich zu beruhigen. Wie war das doch gleich mit dem schönsten Geschenk an einen Mann ...? Ich meldete mich nicht bei ihm, nicht per SMS, nicht telefonisch, wartete wieder einmal vergebens darauf, dass mich ein Kerl vermisst.

Vielleicht ist was dran, wenn man sagt, die ungarische Sprache sei extrem, so wie das ungarische Temperament, attraktiv, aber unzuverlässig. Sie begleitet dich wie ein treuer Freund, aber kaum drehst du den Rücken, schon ist sie weg und lässt dich allein um Worte ringen.

Egal, ich dachte sehr oft an *E.T.*
und manchmal auch an den Radfahrer, denn
der kam *offline.*

Flotter Hirsch

Reni hatte wieder einen Witz parat, den sie unbedingt loswerden wollte. Meistens geht es in ihnen um Männer und Frauen. Diesmal ging es um flotte Hirsche.

„Also", erzählte sie, „ein junger Jäger ist zum ersten Mal auf Hirschjagd, und hat deshalb einen alten erfahrenen Kollegen dabei. Nach drei Stunden erscheint ein prächtiger Hirsch auf der Lichtung. Der junge Jäger reißt das Gewehr hoch und will abdrücken, aber der Alte drückt es ihm wieder nach unten. Nein, nicht den, der ist noch zu jung! Sie warten weiterhin, diesmal vier Stunden. Ein anderer Hirsch kommt, wieder will der junge Jäger anlegen, wieder verhindert der Alte den Schuss. Nein, der ist zu alt, viel zu zäh! Nach stundenlangem Warten kommt ein gar fürchterlich zugerichteter Hirsch aus dem Wald gehumpelt, ist einäugig, ein Ohr fehlt ganz, das andere ist zerfleddert, löchriges Fell und nur noch ein paar Stummel anstelle des Geweihs. Da sagt der Alte, So jetzt schieß! Auf den schießen wir auch immer!"

Während wir lachten, fiel mir das Date mit *Adlerauge*, 59, 1,85, grauhaarig, selbständig, ein. Auf seinen Fotos, die er mir gemailt hatte, war er noch dunkelhaarig. Er kam von außerhalb, deshalb trafen wir uns am Taxistand vor dem Bahnhof wie online verabredet. Was wusste ich schon groß von ihm? Er nannte sich *Adlerauge*. Als solches entdeckte er mich auch sehr schnell, ein sympathischer Mann, unklar für mich, weshalb er noch solo war. Auf dem Weg zu seinem Auto, das im Parkverbot stand, erzählte er mir, dass ihn seine Kollegen verkuppeln möchten, er aber mit einer Selbsterwählten überraschen will.

Ich fragte ihn, in welcher Branche er selbständig sei, Kfz? Er erwiderte: Nein, ich habe einen Jagdbetrieb."

„So richtig mit erlegten Hirschen mit Tannenzweiglein im Maul?", fragte ich zurück und sah das Bild direkt vor mir, dazu die Jäger mit ihren Jagdhörnern.

Jagdhornblasen, das könne er auch, sogar sehr erfolgreich, bemerkte er. Mit seiner Bläsergruppe sei er sogar schon in den USA gewesen.

Ich fragte mich: „Ist das nun so eine Art Werberitual oder Angeberei?"

Adlerauge ist ein netter Typ, hat was von einem Indianer. Obwohl er schon ergraut war, sah ich ihn vor mir mit langen schwarzen Haaren, zum Pferdeschwanz gebunden, großen braunen Augen und Federschmuck auf dem Kopf. Das ließ mich ein wenig dahinschmelzen. Deshalb nahm ich seine Erfolgsgeschichten als so eine Art Eroberungsstrategie, vielleicht etwas unbeholfen und direkt, aber er gab sich große Mühe.

Männer wollen nun mal Frauen erobern, das hat die Natur so eingerichtet. Ein Kerl möchte von der Frau seines Herzens bewundert werden, doch dieser Bewunderung möchte er sich nicht zu schnell sicher sein. Deshalb darfst du ihm auf keinen Fall schnell zu verstehen geben, dass du ihn unwiderstehlich findest. Theoretisch war mir klar, dass er sich meine Bewunderung zunächst verdienen müsse, ja unterbewusst darauf getrimmt ist, zu zeigen, was für ein *toller Hirsch* er doch ist. Wenn der Mann diese Chance nicht bekommt und relativ mühelos bei ihr landen kann, wird die Frau sehr schnell uninteressant.

„Wie war das doch gleich im Tierreich?", kam es mir in den Sinn. „Da gibt sich das Weibchen doch relativ uninteressiert und beobachtet das Spektakel einfach nur, also lehne dich zurück und beobachte ausgiebig sein Werben, er macht das doch ganz exklusiv für dich."

Ich lehnte mich zurück. Sein Auto war so groß und breit, dass er Schwierigkeiten hatte, es im Parkhaus einzuparken. Eigentlich wollten wir zu einem Restaurant an der Spree fahren, ich staunte selbst über mich, dass ich in diesen überdimensionalen Schlitten eingestiegen bin, beim ersten Treffen.

Unvermittelt fragte mich Adlerauge, ob ich mich mit Buchführung auskenne, und er hätte auch ein Waldhotel.

„Aha", dachte ich, „er sucht eine Sekretärin und Hausdame und womöglich noch eine Fleischverkäuferin als Frau." Ein Schlachtbetrieb gehörte schließlich auch noch zu seinen Besitztümern.

Deshalb entgegnete ich: „Buchführung kann man lernen, aber ich arbeite gern im Blumenladen."

Mit dem Wald hätte ich mich ja noch anfreunden können, ich liebe doch die Natur, aber Tiere erlegen, damit konnte ich mich nie und nimmer abfinden.

Die Enttäuschung stand ihm ins Gesicht geschrieben. Ich sollte es lieber etwas sanfter ausdrücken, denn er war ja wirklich liebenswürdig und lud mich noch in ein Eiscafè zu einem riesigen Eisbecher ein. Dort erzählte er mir, dass er sich über das Erbe seines blaublütigen Großvaters seinen großen Traum endlich erfüllt hätte, sein Hobby zum Beruf zu machen.

Adlerauges Indianerherz war richtig weich geworden, seine Erzählungen klangen fast entschuldigend, als er mir von seinem zweiten Traum erzählte, einmal an einer Hochgebirgsexpedition teilzunehmen, wie ein Gamsbock von Fels zu Fels zu springen. Letzteres fand allerdings in meiner Fantasie statt.

Na, ich nun wieder: „Du wirst ganz bestimmt eine nette Frau finden, die nicht erst um Urlaub bei ihrer Arbeitgeberin betteln muss, einen ausgeprägten Jagdtrieb hat und dich gern bei deinen Abenteuern begleitet."

Ich erzählte ihm nun doch, dass ich die Natur liebe, die Pflanzen und Tiere. Dort hole ich mir Inspiration und die nötige Ruhe für meine Blumenkreationen. Ein Schuss, ein erlegter Hirsch, und meine Inspiration wäre dahin. Adlerauge fühlte mit mir, nannte mich oft nette Lena, so hieß ich bei *Floppi*. Er berichtete mir von den schönen Seiten seines Hobbys, wenn er mit den Jagdfreunden im Jeep zu den Revieren fährt und sie nachts wieder abholt.

Im Jägerlatein war er hervorragend, ich lachte lange nicht mehr so herzhaft. So wollte er mir weismachen, dass er überall im Revier Schilder angebracht hätte mit dem Spruch: *Hier wurde schon mancher mit einem Wildschwein verwechselt. Bitte gehen Sie aufrecht und schwenken Sie Ihren Hut!*

Ich sagte ihm, dass ich selten einen Menschen erlebt hätte, der so für seinen Beruf brennt. Er brachte mich noch zum Zug, und wir verabschiedeten uns in freundschaftlicher Umarmung. Dieses Treffen, auf der einen Seite so unwirklich, auf der anderen so herzlich, wirkte noch lange in mir nach. Zum Glück fuhr ich am nächsten Tag mit meiner Freundin Bea an die Ostsee, und ich konnte es verarbeiten, denn der Ostseewind wehte mir die krausen Gedanken aus dem Kopf.

Zuvor schrieb ich ihm jedoch noch eine Nachricht: „Hallo Adlerauge, schön, dich kennengelernt zu haben. Morgen fahre ich nun an die Ostsee, werde bestimmt auch mal in der *Havannabar* vorbeischauen. Ich mache eine Woche Computerpause. In der Zeit werd ich mal *die Sau rauslassen*. Das hier ist ein Spiel mit Illusionen. In diesem Sinne drücke ich dir ganz fest die Daumen, dass du die Richtige findest, denn du bist o.k., so wie du bist, aber halt leider nicht für mich."

Inzwischen kam in mir das Bild vom Wohnzimmer meines Großonkels hoch. Er war ein Jägersmann, seine Jagdtrophäen hingen überall. Ich erinnerte mich an die Geweihe über der Anrichte, rechts und links von der Kuckucksuhr. Hängte man am Zehnender im Flur Jacke oder gar den Mantel auf, konnte es großen Ärger geben. Sehr gut konnte ich mich noch an seinen verzogenen Dackel Willi erinnern, der keinen Schritt ohne sein Herrchen tat. Mit Vorliebe bewachte er den Kühlschrank und bewunderte nahezu den Geschirrspüler. Als Großonkel einmal für ein paar Tage seine Cousine besuchte, überließ er mir Willi zu treuen Händen. Lethargisch lag er in seinem Hundekörbchen, fraß nichts, machte auf Hungerstreik und tat eingeschnappt. Als ich meinte, ihn Gassi führen zu müssen, zierte er sich wie eine Zicke am Strick. Ich zog an der Leine, musste ihn regelrecht aus der Wohnung zerren, dementsprechend war auch der Erfolg.

Als Großonkel von seinem Wochenendtrip zurück-kam, wurde er von Willi bestraft, indem der so tat, als kenne er ihn nicht. Dann zog es ihn aber doch zu den verstaubten Geweihen. Jäger und Dackel sind mehr als verheiratet, hat da eine Frau überhaupt eine Chance? Nun wusste ich ganz genau, weshalb ich den Job als Büro- und Hausdame abgelehnt hatte.

Die Woche an der Ostsee verflog viel zu schnell im Wind. Sie war ungeheuer erlebnisreich, obwohl es recht kühl war. Ich mietete mir stundenweise einen Strandkorb und schrieb an meinem Manuskript, während Bea auf einer Decke liegend die raren Sonnenstrahlen aufsog und las. Die langen Strandspaziergänge, das bunte Treiben am alten Leuchtturm und am Strom, die Gespräche mit den Einheimischen, all das ließ mich Adlerauge vergessen.

Als ich wieder zu Hause war, las ich seine Nachricht, in der er die Befürchtung ausdrückte, bei mir als Angeber herübergekommen zu sein, und ich musste ihm ganz ein-fach schreiben, dass er mich als Mann interessiert hatte und nicht als Arbeitgeber. Spätestens jetzt hatte ich be-griffen, Adlerauge weiß nicht, wie Frauen ticken. Deshalb wartet er noch immer auf den Zufall. Vielleicht sollte er von den Hirschen lernen, diese lieber beobachten als schießen?

„*Ärgere dich nicht darüber, dass der Rosenstrauch Dornen trägt,*
sondern freu dich darüber,
dass der Dornenstrauch Rosen trägt!"

Fernöstliche Weisheit

Die Bikerbraut

Als ich gerade mit Bea, die sich in ihren 25 Jahre jüngeren Nachbarn ein wenig verknallt hatte, die zielgehemmte Variante von Freundschaft zwischen Mann und Frau abhandelte, kam Anke, die immer auf der Suche nach einem Mann für sportlich-kulturelle Unternehmungen ist, ziemlich verstört auf uns zu. Sie wollte es wieder einmal wissen, und hatte eine Annonce ins Internet gesetzt: *Suche impotenten Mann zum Lieben.*

Ja, zugegeben, gesprochen hatten wir schon öfter davon, so etwas einmal auszuprobieren. Dass ausgerechnet sie die Idee in die Tat umsetzen würde, das war ihr nicht zuzutrauen.

Anke hielt angeblich nichts vom Herumchatten in irgendwelchen Ü55-Portalen, sondern wollte ihrem Traummann in freier Wildbahn begegnen. Dieser Versuch dauerte nun schon fast ein Jahr, seit ihre Beziehung mit Martin in die Brüche gegangen war. Er glaubte noch lange, dass es einen Weg zu Anke zurück gäbe, und meldete sich sporadisch bei ihr, was sie mehr aufregte als erfreute. Sie hatte weiß Gott genug mit sich selbst zu tun und musste sich nicht auch noch seinen Katzenjammer reinziehen. Ihr Leben stand ja schon komplett kopf. Turbulenzen im Privaten und auf Arbeit, sie wollte etwas ändern, nicht mehr stumm und reglos verharren.

Obwohl sie noch immer Martin die Schuld an ihrer Situation in die Schuhe schob, begann Anke ab und zu nach anderen Männern zu schauen. Sie wollte aber keine Beziehung mit einem Macho oder Draufgänger. So kam sie auf die verrückte Idee, es mit einem *impotenten* Mann zu versuchen und verfasste oben genanntes Inserat.

„Na und, was ist, erzähle, wie viele haben sich gemeldet?", fragte Moni gleich neugierig.

„Insgesamt sieben Männer und eine Castingtante vom Fernsehen", erwiderte Anke, die sich richtig heißgeredet hatte.

Der Erste, der sich meldete, war ein Zahnarzt, wesentlich jünger als sie. Er versprach ihr ein Leben im goldenen Käfig in einem Nordseeparadies, wenn sie nur auf Sex verzichte.

„Wahrscheinlich will er mit dir sein Schwulsein tarnen", vermutete Bea.

Der Zweite wollte, dass sie ihn durch Keuschheit impotent macht, damit er die Fähigkeit zu echten Gefühlen und wahrer Liebe erlangen könne, ein echter Spinner.

Nummer drei, der sie wirklich interessierte ob ihrer kreativen Ader, ist Leiter einer privaten Kunstschule und leidet richtiggehend an seiner Impotenz. Er bezweifelte, dass sie sich damit abfinden könne, dass er sich jeden Tag windelt, womit er Recht hatte.

Torsten dagegen, die Nummer vier, selbständig im Elektrohandwerk, war geradezu ungehalten und beschimpfte sie in zwei Mails. Er bezeichnete es als naiv, auch nur zu denken, dass es Liebe ohne Sex geben könnte. Als sie ihm ihre wahren Beweggründe beichtete und er kein Draufgänger war, traf sie sich mit ihm in einem Biergarten zu einem lustigen Plausch. Es stellte sich heraus, dass er zwar auf der Suche war, aber mit seiner Ex noch nicht abgeschlossen hatte. Nebenbei baute er sich gerade ein Haus an der Ostsee und fand wenig Zeit für eine ernsthafte Beziehung. Deshalb suchte er eine Frau, die seinen alten abgeschabten Küchenschrank aufmöbelt. Er fand es witzig, Anke fand es einfach nur blöd.

„Ist doch mal wieder typisch!", bemerkte Bea, „Männer definieren sich über ihre Arbeit." Ihr Neffe, dessen Freundin gerade weggelaufen war, übernachtet sogar in seiner Wertstatt. Warum auch nicht, sie ist voll ausgerüstet mit Fernseher, Kühlschrank und immer einem kompletten Kasten Bier. Mit dem Umbau seines Hauses war er fast fertig. Dafür war seine Beziehung am Ende.

Nummer fünf war ein passionierter Schachspieler, der offenbar Angst vor Frauen hat und sich nur auf dem Schachbrett überlegen fühlt. Nur keine Frau zu nahe an sich heranlassen! Das war seine Strategie. Sie traf sich mit ihm im bereits erwähnten Biergarten und ließ es auf ein Match ankommen. Er strengte sich mächtig an, um gegen sie zu gewinnen, was allerdings nicht ganz klappte. Dann forderte er Revanche, und da er sie dennoch interessierte, wollte sie das Spiel ausdehnen und opferte zunächst ihren Turm. Da hatte sie die Rechnung ohne den Wirt gemacht, der auf seinen Feierabend pochte. Dem Schachspieler wurde es auch zu langwierig, und er fuhr nach einem Kompliment an ihre Schachkünste mit seinem aufgemotzten Motorrad davon.

Der Sechste, er nannte sich *Froschkönig*, schien ein Schweigegelübde abgelegt zu haben. Bei einem Treffen, das nur durch ihre Initiative zustande kam, erzählte er immerhin, dass er mit einer Tierärztin zusammen sei und sie durch ihre dauernden Spätdienste kaum etwas mit ihm unternehmen könne. Er suche eine Freundin, um mit ihr zusammen zu Gesundheitsvorträgen zu gehen. Das wiederum war ein interessanter Fakt für Bea, die immer Leute für ihr Lebensfreude-Team sucht.

Schließlich bewies Anke doch noch ein Händchen beim Herausfischen des einzigen nicht wirklich *Impotenten*, einem Motorradfreak mit klaren Vorstellungen von Liebe und Partnerschaft. Am liebsten sollte sie gleich alles aufgeben, was sie sich erschaffen hatte und in seine kleine Wohnung, in der alles seinen Platz hatte, einziehen. In der Küche ein *sex & bike-Kalender*, auf dem Sofa ein Motorradkissen und einige andere Utensilien, die sie nicht einordnen konnte. Anke konnte es noch gar nicht begreifen, dass sich ihre knapp bemessene Freizeit von nun an auf seinem Motorrad abspielen sollte. Trotzdem hatte der Mann etwas, was sie magisch anzog. Es war ganz bestimmt nicht die Maschine, auf der sie schon beim ersten Treffen ihre Motorradtauglichkeit unter Beweis stellen durfte. Sie vergaß vollends ihre Knieprobleme, da er sie behandelte wie eine 40-Jährige, womit sie dann auch altersmäßig zu ihm passte, denn er war gute zehn Jahre jünger als Anke. Obwohl sie völlig andere Vorstellungen vom Verlauf des ersten Abends hatte als der Biker, ließ sich Anke auf eine wilde Küsserei ein. Er verstand es, die nötigen *Knöpfe* bei ihr zu drücken, um sie schwach zu machen. So war es auch am zweiten Abend, an dem er sie mit Zärtlichkeiten verwöhnte. Aber Anke wusste genau, wie weit sie gehen wollte, denn sie bestimmt über ihren Körper. Sie wollte es langsam angehen lassen, hatte ja nicht umsonst einen *impotenten* Mann gesucht.

Für Samstag lud er sie zu einer Motorradtour an einen Badesee ein. Seine Bemerkung über ihre wenig elegante Aufstiegsweise bremste ihren Spaß an der Motorradfahrerei. Zügig ging es durch die Stadt. Über seine Schulter blickte sie ab und zu auf seinen Tacho. Ohne diesen Schulterblick hätte sie nicht mitbekommen, dass er mit 90 km/h im Stadtverkehr unterwegs war, und somit auch sie, die sich beim Autofahren immer pingelig an die vorgeschriebene Geschwindigkeit hält, weil sie zu geizig ist, für Verkehrsdelikte ihr sauer verdientes Geld herzugeben.

Auf der Autobahn bekam sie so etwas wie einen Geschwindigkeitsrausch, was sie an die geilste Achterbahnfahrt ihres Lebens erinnerte. Da waren sie doch wieder, die wilden Gefühle für den Mann, der eigentlich so ganz und gar nicht zu ihr passte.

Sie hatte nicht erwartet, an einen Nacktbadestrand entführt zu werden. Da sich jedoch alle nackt im Wasser und auf der Wiese tummelten, zierte sie sich nicht. Im Wasser kamen sie sich sehr nahe, was ihr auch gefiel. Dann befiel sie plötzlich die Lust, weit rauszuschwimmen. Da konnte er nicht mithalten, so dass er nicht allzu elegant und zitternd ans Ufer kroch. Nach ihrer Rückkehr von der Mitte des Sees, wo sie ihn vermisst hatte, war kaum noch Zeit. Sie konnten sich gerade noch anziehen, dann zog eine Regenwolke auf. Er lud sie in ein nahe gelegenes Fischrestaurant ein, wo sie sich aneinanderkuschelten, denn sie hatte Angst vor dem Gewitter, das an der Regenwolke hing.

Er gab ihr einige Instruktionen, wie sie sich auf dem Motorrad zu verhalten habe, nämlich an seinem Rücken zu kleben und seine Bewegungen mitzumachen. So ging es zurück in die Stadt. Rasant und unbeherrscht über die Leute, die nicht schnell genug zur Seite sprangen, raste er die Straßen entlang.

Sie war stark beeindruckt von diesem Erlebnis und noch mehr von ihm, nachdem er sich seiner Bikerklamotten entledigt hatte. Doch der Biker war müde, sehr müde. Sie hätte es in jener Nacht doch wissen wollen, aber seine Potenz war auf dem Nullpunkt. Still ruhte der See. Vielleicht doch impotent?

Dann kam der nächste Morgen, an dem sie ihn zu einer Motorradfahrt mit seinem besten Freund verabschiedete, weil sie mit sich selbst und ihren Hobbys zu tun hatte. Als sie die blauen Flecke an ihren Beinen zählte, wusste sie genau, dass sie niemals eine Bikerbraut werden wollte. Das vertickte sie ihm liebevoll zärtlich, worauf er sagte, wie traurig ihn ihre Entscheidung mache. Sogar aus ihren Augen tropften einige Tränen, aber es floss zum Glück kein Herzblut. *Lieber ein Ende mit Schrecken als ein Schrecken ohne Ende.*

Nach ein paar Tagen meldete sich jemand vom Fernsehteam bei ihr und fragte, ob sie schon gefunden habe, was sie suche. Wenn nicht, dann sei sie herzlich eingeladen, in einer Fernsehsendung mitzumachen, wo es um die Verkupplung von nicht allzu jungen Junggesellen ging. Genau solche Frauen, die wissen, was sie wollen, gleichzeitig tolerant und einigermaßen ansehnlich sind, würden gesucht.

„Und", fragte sie, „sind die sogenannten netten Männer nur nett, oder haben sie auch noch ein paar brauchbare Eigenschaften?"

Sie ließ sich die Videos von den beiden altersmäßig passenden Kandidaten zusenden. Der eine kam als bayerischer Waldschrat, der andere als rustikaler Frührentner rüber. Sie lehnte dankend ab und ließ sich auch nicht von der Gage locken.

„Ein einfacher Zweig ist dem Vogel lieber,
als ein goldener Käfig."

Chinesisches Sprichwort

Der Norwegerpulli

Ankes Bikergeschichte habe ich verdaut. Morgen treffe ich mich mit *Farbrausch 61*, einem Künstler, dessen Leidenschaft Hochseeangeln in Norwegen ist. Unser erstes Date war nicht zustande gekommen, da er über Nacht mit Blaulicht ins Krankenhaus eingeliefert wurde, wo man ihm drei Bypässe gelegt hat. Nun, da er wieder fit ist wie ein Turnschuh, möchte er mir endlich seine neusten Norwegen-Motive zeigen. Wir haben schon mehrmals miteinander telefoniert, ich mag seine angenehme Stimme, obwohl er manchmal ziemlich wirres Zeug redet, halt ein echter Künstler. Ich bin total aufgeregt.

Gerade ging ein Gewitter über der Stadt nieder. Der Regen prasselte nur so auf die Bäume herab, auf die Dächer und platschte gegen die Fensterscheiben auf der Hofseite. Das Dunkel des Gewitterhimmels ging in das Dunkel der Nacht über. Plötzlich klingelte das Telefon, kleine Geli, eine langjährige Freundin, 62, 1,54, wollte bei mir unbedingt das peinliche Erlebnis mit ihrer Nachbarin loswerden.

Frau Puschels 75. Geburtstag stand vor der Tür, und kleine Geli wollte ihr ein Buch schenken. Sie hatte die vitale und offenherzige Autorin im Fernsehen erlebt und gedacht, sie könne mit dem Bestseller Frau Puschel, deren Mann sich 20 Jahre zuvor eine Jüngere gesucht hatte, ins normale Leben zurückholen. Ein bisschen Abwechslung auch im sexuellen Bereich, das würde Puschelchen, wie sie im Haus genannt wurde, sicher nicht schaden. Deshalb die Geschenkidee! Hübsch verpackt mit einem Blumenstrauß überreichte sie das Büchlein und bekam sogar ein Stück Cremetorte auf die Hand, während die Rentnerinnen-Geburtstagsfeier in vollem Gange war. Geradezu in Strömen floss der Wein, was sie dem Gejuchze entnahm. Da das Lachen und Gejohle bis in ihre Wohnung zu hören war, dachte meine Freundin, das Buch hätte so eingeschlagen, und die Damen, alle um die 80, lesen sich die Geschichten gegenseitig vor.

Erschrocken und enttäuscht zugleich war kleine Geli, als die Nachbarin tags darauf mit feuerrotem Kopf vor ihrer Tür stand und sich Einlass verschaffte. Völlig außer sich knallte sie das Buch, auf den Küchentisch.

Als Machwerk hatte sie es bezeichnet und gebrüllt: „Wie kommen sie bloß auf die verrückte Idee, mir solche Sauereien zuzumuten?"

Kleine Geli wusste gar nicht, wie ihr geschah, und las erst einmal selbst ein paar Seiten, bevor sie sich eine Entschuldigung ausdachte. Das war bei dieser Lektüre nicht gerade einfach, denn nach einigen Sexgeschichten hatte sie sich festgelesen.

Ich wollte sie nicht in ihrer Denkphase oder bei der Lektüre unterbrechen, war aber neugierig wie immer. Mich interessierte brennend, weshalb das Buch solch eine Sinnesstörung bei Frau Puschel auslöste. Mir war der Bestseller auch schon von einer anderen Freundin empfohlen worden, weil sie meinte, ich hätte, wenn überhaupt, doch nur *Blümchensex.*

Was weiß die schon von meinem Sex! Da ich mich noch lange nicht den 75 nähere, wollte ich vorerst die 10 Euro sparen.

Kleine Geli konnte sich partout nicht vorstellen, dass eine fast 80-jährige Dame noch Spaß an den in allen Einzelheiten geschilderten Sexspielchen hat. Nachdem sie genug von ihrem Spatenstiel hatte, trieb sie es hauptsächlich mit jungen Männern unter 40 und schilderte die Erlebnisse so anschaulich, dass dies bei Frau Puschel zu derartigen Irritationen führte, die richtig furchteinflößend waren. Wenn kleine Geli die Autorin nicht selbst im Fernsehen erlebt hätte, dann würden diese Geschichten durchaus als erotische Fantasien eines Mannes unter Pseudonym, illustriert mit Fotos seiner Schwiegermutter, durchgehen.

Kleine Geli legte schließlich das Puschelthema ad acta und wollte an meinen Neuigkeiten teilhaben. Ich erzählte ihr von meinem Künstler und seiner Einladung zum Hochseeangeln nach Norwegen, mit seinem Wohnmobil versteht sich. Dieses Jahr müsse er allerdings passen, wegen der Bypässe.

Gesehen oder gar kennengelernt hatte ich den Künstler leider noch nicht. Eigentlich wollte ich mich mit ihm überhaupt nicht mehr treffen. Obwohl, neulich sendete er mir per E-Mail die Einladung zu einer Vernissage. Kleine Geli war ganz heiß darauf, wollte *Farbrausch 61* live erleben und seine Kunstwerke.

Als wir die kleine Galerie endlich entdeckten, vergeblich nach den Norwegenbildern Ausschau hielten, dafür Abstraktes vorfanden, schlussfolgerten wir, dass wir am falschen Ort zur richtigen Zeit waren. Der junge Künstler, der im Mittelpunkt stand, war wohl in bestimmten Kreisen bekannt, uns jedoch nicht. Am kalten Büffet bei den Weinflaschen, nahmen wir schließlich eine korpulente Person im Norwegerpulli wahr. Der Pullover war aus 100% Wolle, und ich spürte, wie ich an Hals und Armen rote Flecken bekam.

„Normal ist was anderes", sagte Kleine Geli, und ich hakte *Farbrausch 61* endgültig ab, jedoch nicht, ohne mich am kalten Büffet zu bedienen.

„Mit Dichtern, Malern und Musikern
ist es wie mit den Pilzen:
für einen guten zehntausend schlechte."

Chinesische Weisheit

Erotische Massagen

Bei Gundelinde, meiner Heilpraktikerin, die sich um mein Seelenheil kümmert, denn von Psychologen halte ich rein gar nichts, da sie einen nur quatschen lassen, fand ich einen Flyer. Zuerst fiel er mir durch seine Aufmachung auf, da ich sehr auf Regenbogenfarben anspreche: *Reiki-Ausbildung – Zugang zur eigenen Kraftquelle finden.*

„Wenn ich das selbst könnte, dann würde ich Geld für den Heilpraktiker sparen", schoss es mir als praktisch denkendem Typ durch den Kopf.

Gedacht, getan, ich besuchte den Lehrgang, der mir sogar etwas brachte, obwohl ich mit einer gesunden Portion Skepsis herangegangen war. Die Übungen, die ich dort kennenlernte, wendete ich regelmäßig an und fühlte mich gut. Im Freundinnenkreis war ich gern gesehen, weil es mir stets gelang, die Stimmung aufzuheitern.

Während der Ausbildung freundete ich mich mit Martina an, die wie ich leicht spirituell angehaucht ist. Gemeinsam interessieren wir uns für asiatische Heilpraktiken und suchten nach einem Partner im Internet.

Kein Wunder, dass sie in ihrem Portal ziemlich schnell auf Michael und seinen Profiltext *Reiki und erotische Massagen* aufmerksam wurde. Nach Feierabend, er arbeitete in der Universitätsbibliothek, trafen sie sich zunächst in der Esoterikbuchhandlung und setzten den Abend in einer Gaststätte fort, wo sie sich in Ruhe unterhalten konnten. Michael war gerade 60 geworden, verheiratet mit einer zehn Jahre älteren Frau, die dem Sex abgeschworen hatte und sich mehr um ihre Puppensammlung als um ihn kümmerte. Er wusste genau, mit welcher Masche er bei Martina landen konnte, um sie verliebt zu machen. Sie ließ sich seine Schmeicheleien gefallen. Als die Gaststätte um 22 Uhr schloss, wechselten sie das Lokal, und er fing an, mit ihr zu schmusen.

Michael, zufälligerweise hieß er Schumacher, war nicht unattraktiv, und Martina war auf Grund jahrelanger Abstinenz von Zärtlichkeiten empfänglich für seine Streicheleinheiten und seine Schwärmereien von den erotischen Massagen. Um Mitternacht brachte er sie nach Hause, und sie verabschiedeten sich in zärtlicher Umarmung mit 1000 Küssen. Er gab ihr seine Telefonnummer, damit sie ihn anrufen konnte, wenn ihr nach einer erotischen Massage wäre.

Musste sie tatsächlich erst 55 werden, bevor ihr ein Mann zeigt wie es aussieht, wenn er sie begehrt? Zwölf Jahre war sie mit einem Handwerksmeister verheiratet, machte seine Buchhaltung, wickelte Einkäufe und Bestellungen ab und kümmerte sich um die Steuererklärung. Vor lauter Arbeit blieb die Ehe kinderlos. Sie hatte sich durchchecken lassen, bei ihr war alles in Ordnung. Sie versuchte, ihn zu einem Check-up betreffs Zeugungsunfähigkeit zu überreden. Er wollte natürlich nicht, weil er ja wusste, dass bei ihm alles paletti war. Dass er keinen Orgasmus hat, sondern ihn nur vortäuscht, erfuhr sie von seinem Kumpel, dem er sein Problem in einer schwachen Stunde bei ein paar Flaschen Bier verklickert hatte. Eigentlich wollten sie ja Kinder, aber es klappte einfach nicht, daran ließ er sie jahrelang glauben. Jedenfalls haben sich die beiden schließlich getrennt, und das nur, weil er zu feige war, darüber zu reden.

Mit dem Gedanken an die Idioten, die in den Single-börsen online sind und an die Reiki-Behandlung, meldete sich Martina drei Tage später bei Michael. Es kam, wozu es kommen musste, denn sie hatte starke Gefühle für ihn. Obwohl er ein alter Ehekrüppel war, flogen bei ihr die Schmetterlinge. Sie war sehr empfänglich für seine Reiki-Anwendungen, die dann in die erotische Massage über-gingen.

Weil es für Martina ein Aha-Erlebnis mit einem Feuerwerk an Gefühlen gewesen ist, verabredeten sie sich ein zweites Mal. Allerdings wurde sie stutzig, weil er sich nur bis auf die orthopädischen Strümpfe entkleidet hatte, was sie ein wenig abtörnte. Diesmal kam er viel schneller zur Sache: Verkürzte Reiki-Anwendung, keine ausge-dehnte erotische Massage. Sie fühlte sich benutzt und beschloss noch in jenem Moment, die Affäre zu beenden.

Tags darauf schrieb sie ihm eine kurze SMS: „Hallo Michael, ich möchte keine erotischen Massagen mehr, du hast meine Seele mehr berührt, als ich es zulassen wollte."

„Wolltest du nicht nur eine Affäre, unkomplizierten Spaß ohne Herzbeteiligung?", fragte ich etwas ungläubig.

„Wenn das mal so einfach wäre, es ohne emotionale Verwirrungen hinzubekommen!"

Martina hatte sich ihr Sex-Abenteuer von der Seele geredet, und ich wurde melancholisch, denn ich dachte an das kurze, aber prickelnde Abenteuer mit Uwe, einem damals schon fünf Jahre getrennt lebenden Polizisten. Danach hatte ich tatsächlich nur noch *Blümchensex.* Da half weder *Reiki* noch die Lektüre des *Puschelbuches*, wie wir es fortan nannten.

Wir unterhielten uns noch lange über dieses Thema und Martina meinte, sie hätte diese Lektion gelernt, und konnte sich den folgenden Gag, den sie in einem Büchlein gelesen hatte, nicht verkneifen:

Einige Männer sind ein lebendiges Beispiel dafür, dass Frauen einen Witz zu nehmen wissen.

„Begegnest du jemandem, der ein Gespräch wert ist,
und du versäumst es, mit ihm zu reden,
dann hast du einen Menschen verfehlt.
Begegnest du jemandem, der kein Gespräch wert ist,
und du redest mit ihm, dann hast du deine Worte
verfehlt.
Weise ist, wer stets den richtigen Menschen
und die richtigen Worte findet."

Konfuzius

Getrennt lebend

Ob ich die Lektion gelernt habe, da bin ich mir nicht sicher. Es ist drei Jahre her, da lernte ich in einer Singlebörse Uwe kennen, tätig bei der Flugsicherung, oft gestresst, je nach Arbeitssituation stimmungsmäßig auch mal ganz tief unten. Privat war er in meinem Alter, stattliche Figur, getrennt lebend seit Jahren, wie er mir schwor, witzig, unterhaltsam, ein Kuschelbär.

Ich war etwas skeptisch, denn was heißt das, *getrennt lebend*? Zunächst hieß es für mich, verheiratet, wie sehr verheiratet, das würde sich schon noch herausstellen. Suchte er vielleicht auf diese Weise nur eine Affäre? Wir schrieben und mailten bis tief in die Nacht, SMS kamen auch tagsüber. Ich machte den Test, wir trafen uns Samstagabend, brunchten am Sonntag, verbrachten Wochenenden gemeinsam. Festnetz hatte er nicht. Erst später fiel mir auf, dass wir so gut wie nie telefonierten.

Wir trafen uns und redeten, die Fischgaststätte war unser Lokal, wo wir uns sicher und geborgen fühlten. Er sprach oft davon, wie glücklich er mit mir sei und so seinen ganzen Familien- und Arbeitsstress hinter sich lassen könne. Sein Handy klingelte andauernd. Er drückte weg, dann ging er doch ran für eine kurze Rechtfertigung, *family*, bemerkte er fast schon entschuldigend. Wir verliebten uns ineinander, die Schmetterlinge flogen wie verrückt, wir hatten Flugzeuge im Bauch. Beim fünften Treffen schlug bei uns der Blitz ein. Er hatte eine eigene Wohnung am See. Dort waren wir ungestört, wie ich dachte. Kaum dachte ich das, meldete sich sein Handy, seine Noch-Frau.

Scheiden wollten sie sich nicht lassen, wegen der Kinder und der Steuerklasse. Obwohl sie nichts mehr *miteinander hatten*, verfolgte sie ihn, bewachte seine Schritte, schickte die erwachsenen Kinder vor, um ihn geradezubiegen.

Ich zog mich zurück, ließ mir Zeit, beobachtete das Treiben, bis der Akku seines Handys leer war. Von selbst war er nicht auf die Idee gekommen, das Handy abzuschalten, ließ sich in Diskussionen ein, erklärte zum tausendsten Male seiner Noch-Frau, dass es aus sei, dass es kein Zurück für ihn gäbe. Mich nervte das unendlich, und er beteuerte immer wieder, dass er frei sei für eine neue Beziehung. Ich liebte ihn zu sehr, um ihn aufzugeben. Nun, da der Akku leer war, war er frei, und er versprach mir, ihn nicht wieder aufzuladen. Das konnte er wiederum mit seinem Dienst nicht vereinbaren und besorgte sich eine zweite Rufnummer.

Wir hatten schöne Zeiten, er kochte für mich, wir kuschelten miteinander und kamen uns ganz nahe. Ich hatte wohl den besten Sex meines Lebens, herrliche Erlebnisse in der Natur, auf und im Wasser. Uwe zeigte mir die schönsten Flecken im Brandenburgischen. Das inspirierte mich. Ich kümmerte mich um seine Blumen, gemeinsam machten wir seinen Garten schön. Dann kam der Herbst, das Laub wurde bunt, die Bäume und Sträucher verloren ihre Blätter, und ich hatte das Gefühl, dass ich ihn verlieren würde, bekam Angst, denn er hatte zum Geburtstag von seinen Kindern ein neues Handy geschenkt bekommen.

Eines Tages teilte er mir per Mail mit, dass er es selbst nicht begreifen könne, aber er sei zu seiner Familie zurückgekehrt. Und es täte ihm unendlich leid, da er mich doch so sehr lieben würde.

Ich brauchte lange, um zu verstehen, was das heißt, *getrennt lebend*. Uwe schwor Stein und Bein, dass er mit mir eine neue schöne Beziehung aufbauen möchte, unterschätzte aber die Macht seiner Noch-Ehefrau. Er hatte sein früheres Leben emotional nie aufgegeben und war somit nicht frei für eine Beziehung mit mir. Traurig und wütend zugleich gestand ich mir ein, mich falschen Hoffnungen hingegeben zu haben. Ich versenkte mich in meine Arbeit, hatte dabei meine Erfolgserlebnisse und dachte immer seltener an ihn.

Doch kurz vor Weihnachten, platzte in meine kreative Phase eine Mail von Uwe: „Ich kann ohne Dich nicht leben!"

Er teilte mir mit, dass er wieder in seine Wohnung gezogen sei, da es zwischen ihm und seiner Noch-Frau nichts mehr gäbe. Uwe beteuerte, die einzige, die er liebe und begehre, sei ich, und er käme sofort, wenn ich es wollte.

Ich mailte ihm unter Tränen zurück: "Lieber Uwe, ich musste lernen, ohne Dich zu leben, und ich habe es geschafft! Mir geht es gut, so, wie es ist, und ich wünsche dir viel Glück."

Wie in Trance legte ich unsere Lieblings-CD auf und sang mit.

„Es ist nicht der Verstand, auf den es ankommt,
sondern auf das,
was ihn leitet: Herz und Charakter."

Dostojewski

Weiße Maus

Tina Marie ist Anfang 50, wieder einmal Single, und glücklich, wenigstens einen Halbtagsjob in einer Zahnarztpraxis bekommen zu haben, obwohl sie es nicht so prickelnd findet, am Computer sitzend Patientendaten einzugeben. Noch dazu ist sie der Oberangsthase von Berlin, was Zahnbehandlungen betrifft.

Dafür wird sie aber ganz gut bezahlt und kann sich ab und zu einen kleinen Wunsch erfüllen. Meistens sind es Klamotten. Mit ihren Designersachen geht sie sehr ordentlich um, ja superordentlich. Sie sortiert ihre Shirts, Hosen und Jacken nach Farben. Für Strümpfe und Dessous hat sie einzelne kleine Fächer. Schuhe und Stiefel stehen fein säuberlich im Schuhregal. Da in ihrem Kleiderschrank alles seinen festen Platz hat, genügt morgens ein Griff. Wäscheberge sah ich bei ihr noch nie, weil sie abends alles gleich wegräumt.

Ihr größtes Problem sind die Naturlocken, die sie manchmal nicht bändigen kann. Am liebsten hätte sie ja glatte Haare, aber nun hat sie einen Tangle Teezer, das Original, mit dem sie täglich ihre Haare striegelt.

Ihre Kollegin meinte angesichts des kleinen Bürstchens im Leo-Look: „Oh, so etwas habe ich für meinen Kater auch."

Darauf sie: "Ist ja auch für junge Leoparden, rrr."

Tina Marie ist ein sehr kreativer Mensch, entwirft Kleidung für verschiedene Modefirmen und spielt von Kindheit an gern Theater. Es fällt ihr nicht schwer, ein schlichtes Kapuzenshirt in ein modisches Teil zu verwandeln. Sie hätte sicher das Zeug, eine eigene Modefirma zu leiten, da sie die Übersicht behält, wenn andere den Wald vor lauter Bäumen nicht sehen. Schnell findet sie einen Ausweg und die richtige Lösung.

Auf der einen Seite ist Tina Marie stolz auf ihre Unabhängigkeit, auf der anderen wünscht sie sich einen Partner, der mit sich selbst im Reinen und ebenfalls aktiv ist, vielleicht Schauspieler oder zumindest künstlerisch interessiert. Ich finde aber, sie bräuchte endlich mal einen Kerl, der ein wenig Ruhe in ihr Leben bringt und für Entspannung sorgt.

Bislang kenne ich von ihr nur solche Sprüche wie: „Ich bin halt dem Richtigen noch nicht begegnet, es wollen immer die Falschen etwas von mir. Wenn jemand Interessantes auftaucht, dann krieg ich kein Wort raus, bin verlegen, einfach unmöglich. Außerdem habe ich im Job viel Stress und keine Zeit, mich nun auch noch um einen Mann zu kümmern."

Ja, ich weiß, richtig positive Erfahrungen mit einem Mann hat sie in letzter Zeit wirklich nicht gesammelt. Ein paar Versuche gab es schon, doch dann, als sie merkte, dass die Chemie nicht stimmt, fiel es ihr schwer, einen Schlussstrich zu ziehen. Jedes Mal kam sie nur mit seelischen Blessuren aus der Sache wieder heraus, da sie immer um die Liebe des jeweiligen Mannes gekämpft hatte.

Während sie sich für die Beziehungen abrackerte, fingen die Herren an, sich zurückzulehnen und verwandelten sich in Prinzessinnen. Es musste ja die Männer irritieren, wenn die Frau den Job des Ritters machte. Sie meinte daraus ihre Lehren gezogen zu haben. Ihr Entschluss stand fest, sie wollte sich mit verschiedenen Männern treffen, ohne sich gleich wieder auf einen festzulegen. Sie nannte es Selbsterkundung.

Gesagt getan. Tina Marie setzte eine Internet-Annonce ins Stadtmagazin, worauf sich immerhin fünf Männer meldeten: *„Witzige Frau sucht humorvollen Partner –* Welcher Mann von 50 - 60, ab 1,80 NR /NT mit Geist und Humor, unverheiratet und offen für eine neue Beziehung, möchte mich kennenlernen? Bin 52, 1,68, humorvoll, gesprächig, kreativ und unternehmungslustig, habe einige Hobbys, reise gern, liebe das Meer, Kino sowie gemeinsames Kochen und Essen. Na, wer traut sich, mir zu schreiben? Bitte kein Miesepeter oder Draufgänger! Dann könnte vielleicht sogar mehr daraus werden."

Am Telefon erfuhr ich brühwarm von ihren Interneterlebnissen, die sie nun doch nicht für sich behalten konnte. Der erste Mann, mit dem sie sich in einem Biergarten traf, war ein 62-jähriger ehemaliger Boxer, der in seinem Leben schon so einige Schläge hinnehmen musste und sich zehn Jahre jünger gemacht hatte. Er war die erste Testperson, bei der sie sich für den Eiskaffee mit einem Lächeln bedankte. Es fiel ihr nicht schwer, locker zu sein, erst recht, nachdem sie sein wahres Alter aus ihm herausgekitzelt hatte. Natürlich war er geschieden, fünf Jahre schon. Seine Ex-Frau richtete ihm sogar die neue Wohnung ein und hat ihm erlaubt, seinen Kahn noch in ihrem Bootsschuppen stehen zu haben. Na toll, und mit ihrer Tochter hätte er noch immer ein gutes Verhältnis. Während des Gesprächs war er total verunsichert, schaute immer zum Himmel aus Angst vor ein paar Regentropfen, wahrscheinlich wegen der Blessuren am Kopf. Für das zweite Date hatte er sich etwas ganz Tolles ausgedacht; Sonntagsausflug an den See, dann zum Bootsschuppen seiner Ex und ab auf den Kahn. Ha, ha ...

Statt mit dem Rummelboxer traf sie sich am Samstag darauf mit Didi aus Ludwigslust, den es aus Thüringen dorthin verschlagen hatte. Das Foto war sehr vielversprechend, seine Stimme klang sympathisch, und sein Familienstand schien auch geklärt zu sein.

Sie gönnte sich eine halbe Stunde, um sich aufzubrezeln, ein wenig Routine hatte sie ja bereits. Wie immer genügte ein Griff in den Kleiderschrank. Sie trafen sich auf dem Parkplatz in der Nähe ihres Hochhauses. Einen solch großen und attraktiven Mann konnte sie einfach nicht übersehen. Sie fühlte sich in seiner Gegenwart sehr wohl, während sie durch den großen Park spazierten. Es war ihr Heimspiel, sie kannte jeden Weg und die allerbeste Gaststätte, wohin er sie schließlich zum Essen einlud. Allerdings schien er, ganz im Gegensatz zu ihr, sehr auf seine Figur zu achten.

Tina Marie sieht man die 15 Kilo schon an, die sie zu viel auf den Rippen hat. Sie macht auch kein Geheimnis daraus, dass sie gern nascht und auf dem Weg zu ihrer Arbeitsstelle ohne Kuchenstück nur schwer am Bäcker vorbeikommt. Tina Marie bemerkte sehr wohl seine kritischen Blicke, mit denen er sie von oben bis unten musterte. Sie machte sich jedoch nichts daraus.

Während sie auf das Essen warteten, lachte und scherzte sie. Sie erinnerte sich an einen Film aus ihrer Jugendzeit, in dem es um einen Polizisten ging. Didi war zu DDR-Zeiten Verkehrspolizist, eine echte *Weiße Maus* und kannte fast jede große Kreuzung in ihrer Stadt. Ihre Polizistenwitze wollte sie sich verkneifen, ließ dann doch mehrere heraus. Daraufhin bemerkte er, das Tolle an den Witzen sei, dass sie alle wahr wären.

Plötzlich, in das Gespräch hinein, klingelte sein Handy. Er entschuldigte sich bei ihr und verschwand damit in der Toilette.

„Aha", dachte sie, „vielleicht hält ja doch noch seine Ex die Hand über ihn und ahnt, dass er wieder einmal mit einer anderen zusammen ist, oder seine auf ihn angesetzten erwachsenen Kinder?" Diese Situation kam ihr irgendwie bekannt vor aus meinen Erzählungen.

Ich selbst machte bekanntlich mit den Stadtmagazin-Bekanntschaften auch nicht die allerbesten Erfahrungen. Entweder wollten sie mit mir gleich nach dem zweiten Treffen zusammenziehen oder es lief auf eine kumpelhafte Freundschaft hinaus.

„Pass auf", sagte Tina Marie, „die Sache ging ja weiter. Inzwischen kam das Essen. Er hatte sich ein kleines Wiener Schnitzel bestellt, ich mir einen exotischen Teller."

Nach dem Essen suchten sie sich noch ein schattiges Plätzchen am Märchenbrunnen, wo sie sich über Gott und die Welt unterhielten. Er zeigte ihr Fotos auf seinem I-Phone. Dann, plötzlich wieder in die Unterhaltung hinein, klingelte sein Handy. Diesmal war es sein jüngster Sohn, der mit seinem Auto irgendwo im Brandenburgischen liegengeblieben war. Es war nicht zum ersten Mal. Deshalb musste er als treusorgender Papa hin und nachsehen, was Sache ist.

Tina Marie hatte das Spiel längst durchschaut, ließ sich aber nichts anmerken. Sie lächelte, denn sie erinnerte sich gerade daran, dass sie sich von ihrer Nachbarin während eines Dates zu einer bestimmten Zeit anrufen ließ, da der Wind deren Wohnungstür mit Wucht zugeschlagen hatte, sie draußen stand und ihren Ersatzschlüssel brauchte.

„Du meine Güte", sagte ich, „wie kreativ muss man sein, um ein unliebsames Date abzubrechen, ohne dass man dem anderen weh tut!"

„Wieso unliebsam?", entgegnete Tina Marie. „Man kann doch die Zeit genießen und das Schöne daraus mitnehmen. Ich habe mich mit einem für mich sehr attraktiven Mann getroffen, einfach so, und es fühlte sich toll an. Außerdem konnte ich mit ihm sehr gut kommunizieren, weil er sogar eigene Hobbys hat."

Ab und zu telefonieren sie noch miteinander, und es stellte sich heraus, dass er nicht Didi, sondern Detlef heißt und so ein richtiger *Deetleef* ist, wie er in Witzen oft vorkommt.

*„Es genügt nicht, zum Fluss zu kommen mit dem Wunsch,
Fische zu fangen. Du musst auch das Netz mitbringen."*

Chinesische Weisheit

Der Oldtimer

Während Anke in ihrem Internetportal überwiegend von wesentlich jüngeren Männern kontaktiert wird, was wohl an ihrem etwas freizügigen Profilbild liegt, wird Martina eher von Gleichaltrigen angeschrieben. Das wiederum liegt an ihrem nicht so ausgefallenen Foto. Mit wenigen treffenden Sätzen hatte sie das Wichtigste über sich gesagt und beschrieben, wie der Mann sein sollte, der bei ihr Chancen hat.

Sie stöberte aber auch gern in den Profiltexten von Männern in ihrer Altersgruppe herum, und wenn einer besonders interessant rüberkam, schrieb sie ihn auch an. So auch dieses ganz besondere Modell, Baujahr 1951: „Der hier angebotene Oldtimer ist auf Grund seines Alters besonders wertvoll. Er ist eine Sonderausführung und gilt als Rarität. Zwar hat er schon leichte Gebrauchsspuren, doch bei guter Pflege wird man noch viele Jahre Freude an ihm haben.

Ausstattung: Das angebotene Modell besitzt einen durchzugsstarken Motor und kann sehr viele Extras aufweisen. Es verfügt serienmäßig über Hochschulreife, abgeschlossenes Universitätsstudium und jahrelange Berufserfahrung in leitender Stellung. Dank dieser Ausstattung konnten auch die Module *Gespräch* und *Kultur* integriert werden. Das Fahrzeug ist authentisch und garantiert unverbastelt.

Freizeittauglichkeit: Der angebotene Oldtimer ist zu vielerlei Freizeitaktivitäten in der Lage. Sowohl die aktive als auch die relaxbedürftige und genussbewusste Interessentin wird an ihm viel Freude haben. *Er* ist urlaubstauglich und verfügt über eine dynamisch-kraftvolle, aber gleichzeitig sehr verlässliche und humorvolle Fahrweise.

Preis: Dieser ist verhandelbar und hängt weitgehend vom Geschick und von den Fähigkeiten des weiblichen Käufers ab."

Martina, die gerade einen Lachjogakurs belegt hatte, konnte sich gar nicht wieder einkriegen, so spaßig fand sie diesen Profiltext und wollte unbedingt herausfinden, was dieser Oldtimer so drauf hat und was für ein Mensch sich hinter diesen originellen Worten verbirgt.

Deshalb schrieb sie an *Oldtimer:* „Hallo, du ganz besonderes Modell, immer noch im Rennen? Oder wieder? Du kommst irgendwie anders rüber als die neueren Modelle mit viel Schnickschnack. Da wir das gleiche Baujahr sind und ich mit 174 cm viel Beinfreiheit brauche, ich habe auch schon ein paar Kratzer, möchte ich heute nach langem Überlegen anfragen, ob der angebotene Oldtimer noch zu haben ist. Ich suche schon was Besonderes, verfüge über besondere Fahrkünste, schaue gern nach rechts und links, halte mich dabei an eine angemessene Geschwindigkeit, besonders was das Verlieben betrifft. Wenn es zu gefährlich wird, gehe ich schon mal auf die Bremse. Platz muss er auch für meine Fotoausrüstung bieten. Eventuelle Lackschäden oder Kratzer übermale ich gern mit Blümchen. Kurzum, wenn der Oldtimer noch zum Verkauf steht, dann warte ich auf ein ernst gemeintes Angebot."

Glücklicherweise war der Oldtimer, Baujahr 1951, nicht mehr im Rennen, denn er hatte sich inzwischen verliebt und so fand sie ein noch viel passenderes Modell, das ohne markigen Profiltext, ganz einfach durch sein Lachen und seine liebevolle Art überzeugte.

„Mancher denkt sich Abenteuer aus und ganze Romane
und dichtet sich das Leben zurecht,
um wenigstens auf diese Weise nach Wunsch zu leben."

Dostojewski

Skyfall

Kaum hatte ich es mir vor dem Fernseher bequem gemacht, rief meine Freundin Lena an und fragte, ob sie vorbeikommen könne. Irgendjemand ruft eigentlich immer an, seit Bea mich überredet hatte, meine mehr oder weniger verrückten Interneterlebnisse aufzuschreiben. Einige meiner Freundinnen klinkten sich ebenfalls in Partnerbörsen ein, um endlich auch mal ein Aha-Erlebnis zu haben. Und was für welche sie haben! Es ist nicht immer leicht, sie ihnen zu entlocken.

Lena kommt meistens erst einmal mit einem anderen Anliegen um die Ecke. Bin gespannt, was es diesmal ist. Eigentlich hat sie ja immer in ihrer Keramikwerkstatt zu tun. Mit dem Absatz klappe es in letzter Zeit nicht so. Das hatte sie mir bereits erzählt. Heute platzt sie fast vor Aufregung, ich biete ihr einen Kaffee an, damit sie nicht so herumzappelt und das Geheimnis endlich preisgibt.

„Ne, ne, nix Kerl", gluckst sie, „ich habe nämlich eine supertolle Geschäftsidee ... und ich brauche deine Hilfe. Ich habe zwar diese Super-Idee, aber keine Ahnung, was ich mit ihr anfangen kann. Dir fällt doch immer was ein, ja?"

„Was ist es denn diesmal?", frage ich durchaus interessiert, aber auch ein bisschen ängstlich. Mit einer Freundin etwas Geschäftliches auszuhecken, ist immer heikel.

„Vorsicht, nicht schon wieder", denke ich. „Erzähl doch mal!"

„Meine Idee ist eine Online-Tauschbörse für Designer-Klamotten." Lena stellt sich eine Webseite vor, in die man gebrauchte, aber gereinigte Kleidung einstellt.

Wie sie damit Geld verdienen will, da fehlt ihr die zündende Idee. Diese soll ich ihr liefern. „Dir fällt doch sicher was ein!", bettelte sie.

Und ich dumme Kuh lasse mich wieder einmal breitschlagen, was mich sicher einige schlaflose Nächte kosten wird.

„Muss ja nicht sofort sein", meinte sie, schon etwas ruhiger.

Na, da war ich ja beruhigt, dann ist sie also doch wegen einer Liebesaffäre gekommen, die sie nicht für sich behalten kann.

Nach dem ganzen Vorgeplänkel fiel es mir nicht gerade leicht, ihre Geschichte im Kopf zu behalten, um sie aufzuschreiben.

„Hallo nette Berlinerin", schrieb ihr der unbekannte Mann, „würde mich gern mit dir treffen. Bin auch 60, lebe alleine, und finde dein Bild sehr ansprechend. Ich glaube, du genießt das Leben. Bin vom 8.-11. November in Berlin und würde gerne mit dir den neuen *James-Bond-Film* im Kino ansehen, und noch einen Kaffe trinken während wir plaudern. Komme aus Geilenkirchen, bin Ingenieur und besuche meinen Freund in Berlin. Ich suche kein Abenteuer, sondern eine angenehme Gesprächspartnerin, die ich beim nächsten Besuch gerne wiedersehen würde. Rolf"

Lena hatte überhaupt nicht mehr damit gerechnet, dass sich noch jemand auf ihre Freizeit-Anzeige hin meldet. Sie wollte ganz cool bleiben und teilte ihm mit, sie freue sich darauf, ihn kennenzulernen und würde ihn in ein ganz großes Kino entführen.

Dann war es so weit. Sie ließ sich Zeit, um mit ein paar Minuten Verspätung am Treffpunkt zu sein. Da stand er, groß, stattliche Figur, graue Haare, das Handy in der Hand, wollte gerade anrufen.

Er lächelte sie an und sagte: „Du musst Lena sein, ich kann es noch gar nicht fassen, dass du hier bist."

Es knisterte gewaltig zwischen ihnen. Doch ihr Blick fiel auf den Ring an seiner rechten Hand, der glänzte in der Sonne, war nicht zu übersehen. Seit ihrer Affäre mit Martin, der trotz großer Liebesschwüre wieder zu seinem *Ehemonster* zurückgekehrt war, wollte sie nichts mehr mit einem verheirateten Mann anfangen. Mit einem gebrochenen Herzen auf der Strecke zu bleiben, das ist nicht das, was sie sich in Sachen Liebe für die zweite Lebenshälfte wünschte.

„Gut", dachte sie, „dann sind die Weichen gestellt, verheiratete Männer sind für mich eh tabu, aber warum nicht einen netten Geilenkirchener kennenlernen und einen schönen Nachmittag mit ihm verbringen?"

Sie gingen zum Kino, er kaufte die Karten für die Nachmittagsvorstellung im größten Saal. Wie versprochen, wollte sie ihm einige der schönsten Seiten von Berlin zeigen. Vielleicht vom Fernsehturm aus? Die Schlange der Wartenden war zu lang. Da fiel ihr das *Park Inn* ein, der weite Blick vom 37. Stock. Er hakte sich bei ihr unter, dann nahm sie seinen Arm, es knisterte wieder, auch als sie aus luftiger Höhe auf die Stadt blickten und sie ihm die wichtigsten Sehenswürdigkeiten von Berlin erklärte. Tags zuvor hatte er alles vom Motorflugzeug aus genossen mit seinem Freund, und jetzt durfte er es mit ihr erleben, hoch oben und doch auf der Erde. Sie dachte an ihre Jugenderlebnisse, an das Segelfliegen, an dieses Gefühl, frei wie ein Vogel durch die Lüfte zu gleiten und im Glück zu schweben, nahezu schwerelos der Sonne entgegen, Aufwinde zu suchen und Glücksgefühle zu finden. Ihr Herz machte ein Looping, vertikal, aufwärts und abwärts. Abwärts ging es mit dem Fahrstuhl und dann über den Alex, vorbei an der Weltzeituhr, wo es immer was zu sehen gibt.

Dann liefen sie zum Nikolaiviertel, dorthin, wo Berlin gegründet wurde. Altes und Neues begegnet sich hier ebenso wie Alt und Jung. Gern schaut sie auf die Spree mit den vorübergleitenden weißen Ausflugsschiffen, am liebsten von einem sonnigen Plätzchen im Biergarten aus. Rolf nahm alles in sich auf und lächelte sie immer wieder an. In einem gemütlichen Café tranken sie etwas und aßen Kuchen. An einem Tisch am Fenster konnten sie sich in Ruhe unterhalten.

Unvermittelt fragte er sie: „Bist du eigentlich schon 16?"

Sie musste lachen: „Nein, noch nicht ganz, erst in drei Wochen", und dachte daran, dass sie bald 61 wird.

Er berührte ihre Hand, sie sah den Ehering und fragte: „Lebst du wirklich allein?" Angesichts des Ringes glaubte sie es ihm ohnehin nicht und konnte sich die Bemerkung nicht verkneifen: „Ich glaube eher, du bist verheiratet."

Er erzählte ihr etwas von *getrennt lebend*, schon seit Jahren, und dass er schon so lange nicht mehr mit einer Frau, seiner Frau, Arm in Arm gegangen sei, nur noch geschimpft und gekeift würde. Sie hörte es sich an, verdrängte es aber im selben Augenblick und lenkte das Gespräch in eine andere Richtung. Viel zu oft durfte sie sich das gleiche von Martin anhören. Das wirkte immer noch in ihr nach und machte negative Gefühle.

Rolf erzählte ihr von seinem Beruf und seinem Hobby, dem Golfsport. Sie erinnerte sich an ein Golferlebnis, als sie nämlich mit ihrem Fahrrad auf dem Golfplatz herumsauste und die Golfer ihr einen Vogel zeigten. Sie war sich gar keiner Schuld bewusst, denn um auf den Platz zu gelangen, brauchte sie nur einen Draht zu entwirren, mit dem das hintere Tor verschlossen war. Auf den Asphaltwegen ging es bergab und bergauf. Sie bekam auch keinen Golfball an den Kopf. Also bitte, … was sollte an ihrer Radtour gefährlich sein? Sie brachte ihren kleinen Bericht so trocken rüber, dass beide lachen mussten. Golfer hielt sie immer für etwas versnobt, er war es ganz und gar nicht. So war zumindest ihr erster Eindruck von Rolf. Im Gegenteil, wer Golf spielt, muss Humor beweisen. Dieser Sport wäre ja sonst nicht auszuhalten. Golf-Regeln sind unheimlich streng, etwas absurd und undurchschaubar. Jeder kleinste Verstoß wird mit Strafe belegt. Wer im

Turnier zu viele Schläge macht, bekommt sein Handicap raufgesetzt und grämt sich tagelang. Er machte sich schon nichts mehr daraus, spielte wegen der Freunde und um von zu Hause wegzukommen.

Hand in Hand, verliebt wie 16-Jährige liefen sie zum Kino. Inzwischen hatte es begonnen zu regnen. Sie zog sich die Kapuze ihrer Jacke über die Haare, und als sie im Kino angekommen waren, schüttelten sie sich die Wassertropfen von der Kleidung. Er kaufte die größte Tüte Popcorn, die er bekommen konnte, natürlich süß, wenn schon, denn schon! Ein Kinobesuch mit allem drum und dran. Sie suchten ihre Plätze in der 13. Reihe, wechselten dann aber dorthin, wo es nicht so eng war. Er hatte sich richtig auf den Film gefreut, war sehr aufgeregt, auch wegen ihr. Sie regte eher der Film auf, denn die Handlung lief in einem irren Tempo ab, Raserei, Prügelei und Schießerei.

An die nachfolgenden Szenen kann sich Lena kaum erinnern, weil sie viel zu sehr mit Rolf beschäftigt war. Wenn ihr auch Teile des Films verloren gegangen waren, so spürte sie doch ihre Hand in seiner und wie er sich vor Aufregung an sie kuschelte. Es fühlte sich an wie mit 16. Dieses Gefühl genoss sie jetzt. Und das ganz ausgiebig. Eine richtige Jugendliebe hatte sie eigentlich nie erlebt. Na klar war sie mit 16 auch verliebt, aber mehr platonisch, spielte Skat mit den Jungs oder Fußball. Im Höchstfall schrieb sie Liebesgedichte, mit denen sie sogar mal einen Preis gewann. Daran musste sie denken, während Rolf ihre Hand streichelte.

Er ließ sie auch nicht los, als sie nach dem Kino an der Spree entlangliefen und sich über den Film unterhielten, der immer mehr in den Hintergrund trat. Die Szenen verblassten und die Zeit verging viel zu schnell. Sie spazierten dann weiter durch die Straßen, um ein asiatisches Restaurant mit Flair zu suchen. Als sie es endlich gefunden hatten, aßen sie beide das gleiche Gericht. Es war der Samstagabend, und der Laden war brechend voll. Die Stimmung war sehr gut, obwohl es laut und eng war, aber genau das machte ihnen Spaß. Sie genossen das Essen und das internationale Stimmengewirr der vornehmlich jungen Gäste.

Er bedauerte schon in dem Moment, dass die Entfernung zwischen ihnen so groß ist. Ihr wurde klar, dass es sich um einen netten Flirt, eine süße Liebelei handelt. Deshalb ging sie nicht auf sein Bitten ein, den wunderschönen Tag in seinem Hotel abzuschließen, um ihr noch näher zu sein. Sie hatte Angst, sich in einen verheirateten Mann zu verlieben, um dann mit ihren Gefühlen alleine gelassen zu werden. Seine heißen Küsse und seine zärtlichen Berührungen bei einer Flasche Rotkäppchen waren genau das, was sie in jenem Moment zulassen wollte.

Beim Abschied standen ihr die Tränen in den Augen, sie versuchte jedoch, es zu verbergen: „Lass uns herausfinden, ob die Sehnsucht so stark ist, dass die Entfernung keine Rolle mehr spielt!" Indem sie das sagte, war ihr klar, dass es nicht die Entfernung ist, sondern der Fakt, dass er nicht frei ist für eine neue Beziehung.

Er war im wahrsten Sinne des Wortes vom Himmel gefallen, für einen wunderschönen Tag, der ihr ein Stück Jugendzeit zurückgebracht hatte.

Nach einigen Tagen kam eine Mail von Rolf: „Hallo meine Schmusekatze, muss immer an dich und unseren schönen Nachmittag und wunderschönen Abend denken. Du bist ein wunderbarer Mensch, und ich hoffe, dass ich dich im nächsten Frühjahr wiedersehe. Mein trister Alltag hat schon wieder begonnen. Ich sitze im Büro, sehe die Arbeit vor mir, schau auf den blauen Himmel und träume von Dir. Das Rotkäppchen hatte genau die richtige Temperatur, ich schmecke es noch, wenn ich mit der Zunge über meine Lippen streiche. Ich bin froh, dass wir am späten Abend dann doch keine 16 mehr waren und uns entsprechend verhalten haben. Die weite Entfernung tut jetzt schon etwas weh, und es wäre viel schlimmer, wenn wir zu tief in unsere Herzen eingedrungen wären. Ich hoffe, Du siehst es auch so! Meine Heimfahrt war angenehm bei dem schönen Wetter und ich hatte supergute Laune, woran Du nicht ganz unschuldig warst. Würde gerne immer mal wieder, wenn es was Neues bei mir gibt, eine kurze Mail schicken und fände es nett, von dir auch zu hören, wie es dir geht.

Nochmals vielen lieben Dank für deine Nähe und deine positive Ausstrahlung, die mich glücklich gemacht haben.

Hoffentlich bis bald.
Alles Liebe und Gute dein Rolf"

„Na und", fragte ich, „besteht die langfristige Dauer-freundschaft noch?" Als Affäre wollte ich es nicht be-zeichnen. Es ging mich auch nichts an, erst recht, wenn Lena noch nicht bereit war, darüber zu sprechen. Ich war schon froh, dass sie mich mit ihrer neusten Geschäftsidee in Ruhe ließ.

„Eine Freundschaft ist wie eine Tasse Tee.
Sie muss klar und durchscheinend sein,
und man muss auf den Grund schauen können."

Chinesische Weisheit

Der Computernerd

W ie haben wir uns eigentlich verliebt, als es noch keine Computer gab?", fragte Luise, die ich im Internet kennengelernt hatte, in die Frauenrunde, die sich jeden Dienstag ganz zwanglos im Café *Chantalle* trifft.

Jede von uns lernte ihren ersten Freund oder Ehemann auf ganz normalem Wege kennen, in der Schule, beim Studium, im Urlaub oder bei sonstigen Freizeitaktivitäten. Wir schrieben uns seitenlange Liebesbriefe, um damit Eindruck zu schinden. Man hörte sogar von Gedichten, die gereimt wurden, um das Subjekt der Begierde zu bezirzen. Die eine oder andere hatte es auch mal mit einer Zeitungsannonce probiert und damit keine nachhaltigen Erfolge erzielt.

Seit am 3. August 1984 die erste E-Mail in Deutschland empfangen wurde, hat sich viel getan. Kurze Nachrichten gehen hin und her, auch in den Online-Portalen, passend zur Schnelllebigkeit der heutigen Zeit. Wer schreibt denn heute noch Liebesbriefe? Es soll sogar eine Zeit gegeben haben, da schrieb man Liebesgedichte und versendete diese fein verziert per Liebesboten.

Eine gewisse Abhängigkeit von Laptop und Smartphone hatte Luise auch bei sich festgestellt. Sie ist Lehrerin und hält vor ihren Schülern oder deren Omas schlaue Vorträge zu diesem Thema. Die *Computernerds* in ihrer

Schule erkennt sie schon an ihrem bizarren Aussehen. Sie sind meist klein, schmächtig, blass, oft mit Brille oder übergewichtig. Das liegt wohl daran, dass der *Nerd* ein lichtscheues Wesen ist, das bei Sonnenlicht zu explodieren droht. Lediglich das Licht des PC-Monitors zieht ihn magisch an und gibt ihm ein Gefühl der Geborgenheit. Und wehe, Oma stört ihn bei seinem *Counter Strike* oder *Wold of Warcraft*!

Nerds hocken *25 Stunden* am Tag vorm PC und auf Luises provozierenden Spruch: „Hey Leute, es gibt noch ein Leben außerhalb des Internets!", kam die Frage nach dem *Link*, und ob *Real Life* nicht das Spiel mit der tollen 3-D-Grafik sei, und wo kann man es kaufen könne. Schön für Oma und ihre Nudeln mit Tomate, wenn Enkel Florian mal ne Runde *Real Life* zocken kommt! Eine pfiffige Oma sendet ihm eine entsprechende WhatsApp!

Wenn Luise von der Schule nach Hause kommt, ist ihre erste Amtshandlung noch in Stiefeln und Parker online zu gehen und nach eingegangenen Nachrichten zu schauen. Meistens befinden sich zwei, drei Mitteilungen im Posteingang ihres Onlineportals, manchmal auch von ganz jungen Typen. Grund dafür ist sicher ihr Profilfoto, das sie von einem Profi anfertigen ließ. Warum auch nicht, denn es geht doch darum, das Beste aus sich selbst herauszuholen. Männer sind nun mal visuelle Wesen. Sie hatte auch keine Hemmungen, etwas zu schreiben, das

Männer fesselt, wenige Informationen über sich selbst, aber einiges, was sie von einem Mann erwartet.

„Vor allem", meinte sie, „soll es diejenigen anziehen, die meine Werte teilen und den richtigen Humor haben."

Wir alle sind davon überzeugt, dass Luise ihren *Ritter in einer funkelnden Rüstung* ganz bestimmt noch finden wird.

„Was soll ich mit einem Ritter?", entgegnete sie. „Will ich etwa Prinzessin sein? Prinzessinnen sind an ihrem Krönchen und ihren Juwelen interessiert und werden wütend, wenn sie altern. Lieber eine Göttin sein. Einer Göttin geht es niemals um Äußerlichkeiten, sie wird umso schöner, je älter und weiser sie wird!"

„Egal ob Prinzessin oder Göttin", dachte ich, „Hauptsache sie sucht sich nicht wieder einen lichtscheuen *Computernerd*!"

Computernerds findet man nicht nur in Onlineportalen. Luises Mutter, eine flotte Blondine in den Siebzigern, hat ein solches Exemplar in ihrer 2-Raum-Wohnung aufgenommen. Es geht um Paul, hobbymäßig Funker und Elektroniker. Obwohl schon lange in Rente, lässt ihn sein Job nicht los. Nachts, oftmals bis um vier, ist er online, macht wichtige Ausarbeitungen, höchst wissenschaftlich, kauft und verkauft über Ebay. Dann schläft er bis Mittag, und Luises Mutter muss für Ruhe sorgen. Sie beschwerte sich bei ihrer Tochter darüber, weil er doch zuckerkrank ist und sie ständig Angst vor einer Unterzuckerung hat.

Luise weiß, dass ihre Mutter sein Leben lebt, sie kommt aber aus der Nummer nicht mehr heraus, weil er ja ansonsten ein so *lieber Kerl* ist, dem andere Frauen ganz übel mitgespielt haben.

Luise regt sich maßlos darüber auf, dass ihre Mutter da mitmacht. Jegliche Kritik an Paul wertet sie als Angriff auf ihre Person. Der Frust wird weitergereicht an die Tochter, die ja nicht besser sei.

Weil Paul auf Grund seiner Computertätigkeit keine Zeit hatte, zum Friseur zu gehen, überredete Mutti eine Bekannte, ihm die Haare zu schneiden. Der Termin rückte näher, und so stand diese mit ihren Friseurutensilien vor der Tür, sehr tief dekolletiert, schwarze Netzstrumpfhosen, Shorts.

Als Luises Mutter das sah, war sie außer sich: „Hier kommst du nicht rein, meine Wohnung ist doch kein Puff!"

Die Friseuse ließ das nicht auf sich sitzen: „Paul, deine Alte lässt mich nicht rein!" Frauen gegenüber bleibt Mutti immer standhaft, und die Bekannte trat den Rückzug an.

Luise, die auf dem Weg zu ihrer Mutter war, hörte gerade noch die Tür ins Schloss fallen. Gewöhnlich ließ sie ihre Tochter nicht in die Wohnung, sondern fertigte sie auf dem Flur ab. Da Paul gerade im Gehen begriffen war, zum Friseur oder sonst wohin, zeigte sie Luise, was nur ihre engste Freundin wusste. In den Schränken im Flur, im Schlafzimmer und in der Kammer befanden sich seine funktechnischen Geräte, volle Kartons. Ihr blieb nur noch ein Schrank für eigene Sachen.

Luise blieb der Mund offen stehen, denn Paul hatte im Wohnzimmer am Esstisch seinen Arbeitsplatz eingerichtet und einen ekeligen Beistelltisch für seinen Drucker mitten im Zimmer platziert. Offen sprach Luises Mutter nie darüber, sondern versuchte, diesen Zustand zu vertuschen, indem sie nur wenige Leute in ihre Wohnung hineinließ. Einer von ihnen war der Paketzusteller von DHL, der immer die Ebay-Bestellungen bringt.

Am meisten betroffen von dieser Geschichte fühlte sich Karen, deren 29-jähriger Sohn auch ein *Computernerd* ist. Beruflich ist er Web-Entwickler und verbringt den größten Teil seines Tages an *Computer, Smartphone* und *LED-Flatscreen*. Vor Freunden und der Familie gibt er damit an, dass er sogar schon digital träumt, kontrastreicher und bildschärfer, und statt beim Aufwachen zu verblassen, zerfallen seine Träume in Pixel. Als er neulich im Traum ein Lied von *Rihanna* herunterladen wollte, brach die Musik nach ein paar Minuten ab und es erschien ihm die Laufschrift, der Titel sei aus lizenzrechtlichen Gründen in diesem Traum nicht verfügbar. Er selbst und seine Freunde, die per Mausklick vernetzt sind, sehen sich als Individualisten, ironisch und intelligent. Die Familie und ihre unmittelbare Umwelt nimmt sie eher als Sonderlinge wahr mit Jesuslatschen und Bekenner-T-Shirt.

Karen, seine Mutter, kommt sich reichlich verarscht vor, wenn sie ihn etwas fragt, und statt einer mündlichen Auskunft auf seinem T-Shirt liest: „Answer loading – please wait!"

Dass sie gerne selbst solch ein T-Shirt hätte, gab Luise natürlich zu denken. Hinzu kommt, dass sie immer wieder auf solche Typen wie Ulli und dessen Profil reinfällt: „Ich bin nicht unternehmungslustig und eher unsportlich. Ich tanze selber nicht, schaue aber gerne anderen beim Tanzen zu. Interessen habe ich auch: Internet, Computer, Nachrichtentechnik, Funktechnik, Radiotechnik, Fernsehtechnik, Internetradio, Talk Radio, Hörspiele, Medienpolitik, Chinesisch lernen und sprechen, Typografie, Fernsehköche und Kochshows.“

Als sie uns das vortrug, dachten wir wohl alle dasselbe: „Ach ne, nicht schon wieder ein *Computernerd*! Oder liegt das in der Familie?“

Mit Erschrecken stellte Luise fest, wie diese Art der Partnersuche die Menschen verändert und damit auch sich selbst. Das Hintertürchen wird Bestandteil der Beziehungskultur. Es könnte ja noch etwas Besseres geben. Digital herunter- und hochgeladene Fotosammlungen ersetzen das Gespräch, sortieren und aussondern werden zum Selbstzweck. Das Gefährlichste an der Suche nach der Liebe seines Lebens per Mausklick ist die Versuchung, sich in die Suche zu verlieben und ewig weiterzusuchen, jahraus jahrein.

Dabei hat doch das reale Leben die geilste Grafik, und die Story schreibst du selbst!
Diesen Satz ließen wir im Raum stehen.

„Wenn du schon kein Stern am Himmel sein kannst,
sei wenigstens eine Lampe im Haus!"

Chinesische Weisheit

Schwedisch für Anfänger

Als ich mit meiner Freundin Bea an einem Samstag im Oktober zu unserem schon legendären IKEA-Tag verabredet war, erzählte sie mir etwas, was ich gerade bei ihr für unmöglich gehalten hätte.

Seit ihrem Urlaub in Schweden hat sie ein besonderes Interesse an diesem Land, und immer, wenn es um das Thema Auswandern ging, sprach sie davon, eines Tages gemeinsam mit mir nach Schweden zu gehen. Sie hatte sich bereits einen Audio-Sprachkurs besorgt, und als wir uns im Restaurant *köttbullar*, das sind gebratene Fleischklößchen, bestellten, sprach sie das Gericht anders als üblich aus.

„Wenn man sich *köttbullar* bestellt, sollte man schon wissen, dass k vor den Vokalen ä, e, i, ö und vor y zu einem Zischlaut aus sch und tch verschmilzt", sagte sie, bevor sie mich in weitere Besonderheiten des schwedischen Alphabets einweihte.

Es ließ mich völlig kalt, dass die Stockholmer U-Bahnstation *Östermalmstorg* ohne den harten g-Laut, dafür aber mit einem rj am Wortende ausgesprochen wird. Mich interessierte vielmehr, ob ich mein *köttbullar* noch warm genießen konnte und dachte: „*Tack!*", das heißt nämlich *Danke*.

Mich ließ das Gefühl nicht los, dass sie etwas auf dem Herzen hatte. Meinte sie das mit dem Auswandern nach

Schweden etwa ernst oder hatte sie das Geld für eine Reise mit dem Postschiff nach Norwegen endlich zusammen? Schließlich erzählte sie mir, dass sie auf Skype von einem Schweden angeschrieben wurde, und berichtete, noch ganz begeistert, dass er auch 53 sei, verwitwet mit einer 10-jährigen Tochter. Er sei aus *Östersund* und hätte sich in sie verliebt. Bei aller Skepsis und Vorsicht, die Mails, die Fotos, das tägliche Chatten ließen sie so halb daran glauben, es sei real.

Obwohl sie ihm immer wieder zu verstehen gab, so lange nicht von Liebe zu sprechen, bis sie sich zumindest live kennengelernt hätten, balzte er in seinem gebrochenen Deutsch immer weiter. Schließlich siegte die Neugier: „Welche Art von Mann bist du der Suche nach? Ich liebe Ehrlichkeit, Fürsorge, Liebe, Verständnis, romantisch, intelligent, vertrauenswürdig, offen. Suchen sie nach einer langfristigen Beziehung, Heirat oder einfach nur Freunde? Ich freue mich auf eine langfristige Beziehung, die zu Ehe. Ich glaube, die Persönlichkeit und die Seele ist das, was macht einen Menschen schön."

Nach weiteren Schmeicheleien, welche durchaus die gewünschte Wirkung hatten, fuhr er fort: „Ich weiß, sie leben in Berlin und ich lebe in Schweden, aber wenn Meilen kann zwischen uns liegen, sind wir nie weit auseinander, Freundschaft zählt nicht die Meilen, ist es durch das Herz gemessen. Du bist die einzige Frau, … usw. usf."

„Zieh dir das mal rein, liest sich das wie Dummenfang?", fragte sie mich ganz verzweifelt.

Das klang sehr unwirklich und kam mir aus eigenem Erleben irgendwie bekannt vor. Ich wollte ihr nicht zu nahe treten, denn Bea schien mir emotional sehr tief drinzustecken, deshalb sagte ich sehr vorsichtig: „Das bringt ja ein Frauenherz richtig zum Schmelzen!"

Zeitweise hatte sie die Hoffnung, dass es real sei, denn es gäbe ja mehr zwischen Himmel und Erde als der Verstand fassen könne. Im selben Moment gestand sie sich ein, auf diese Masche reingefallen zu sein. Sie hatte das Gefühl, nicht mehr zurückzukönnen, also ging sie vorwärts, stellte ihm direkte Fragen, auf die er eingehen musste, was er auch tat.

Sie zeigte mir die Fotos von ihm und seiner Tochter. Er sah tatsächlich sehr schwedisch aus und ganz und gar nicht wie ein Betrüger. Groß, graue Haare, stattliche Figur, Vertrauen erweckender Ausdruck in den Augen. Die Tochter hatte so ganz und gar nichts von ihm, sah eher asiatisch aus, was Bea wiederum irritierte und zweifeln ließ.

Er sendete ihr seine Adresse, sie informierte sich im Internet, die Anschrift gab es tatsächlich. Sie konnte sogar in Google Maps sein Haus sehen. Trotzdem blieb sie misstrauisch. Er bat sie um ihre Anschrift, um ihr Blumen schicken zu können. Sie schlug am Telefon vor, ihm einen Brief zu schreiben mit ihrem Absender. Seltsamerweise lehnte er ab. Joe rief sie nämlich oft auf ihrem Handy an. Die Stimme klang sehr warm. Sie begann, sich in seine Stimme zu verlieben. Er bat sie nochmals um die Adresse und teilte ihr mit, dass er kurzfristig für drei Monate von seiner Firma aus nach *Ghana* reisen müsste, um in *Kumasi* an der Universität Bauarbeiten zu leiten. Sie wunderte sich, dass er viel besser deutsch sprach als er schrieb. Er hatte keinen Plan, wie er den Kontakt aufrechterhalten sollte, da er keinen Laptop hätte, den er mitnehmen könnte. Am folgenden Tag hatte er eine tolle Idee; Sie könnte ihm ja ein *I-Phone 6s, 128 GB* besorgen und an die Hoteladresse in *Kumasi* senden. Das müsste ihr doch ihre Liebe wert sein. Als Beweis schickte er die Flugbestätigung für sich und seine Tochter. Sie ahnte, es würde etwas aus dieser Richtung kommen und schrieb ihm, dass sie gar nicht das Geld für ein iPhone hätte. Inzwischen hatte sie das Muster erkannt. Trotzdem konnte sie ihn noch nicht loslassen. Selbst als er auf Skype online war, zu einer Zeit, wo er angeblich längst auf dem Weg nach Stockholm gewesen sein musste, um sein Flugzeug zu erreichen, entschuldigte sie dies mit einer technischen Panne.

„Warum hast du den Kontakt nicht spätestens dann abgebrochen?", fragte ich Bea, „du hast doch gemerkt, was dahintersteckt und es sich um einen Spinner handelt. Das ist doch die typische Betrugsmasche, um an dein Geld zu kommen."

„Ich wollte es einfach nicht glauben, dass ich auf so etwas emotional hereingefallen war. Ich war mir selber peinlich. Dann war er wieder auf Skype, es kam eine lange Nachricht, in der er auf meine Fragen detailliert eingegangen war, dann ein Anruf mit seiner faszinierenden Stimme", seufzte sie. Bea standen Tränen in den Augen, so tief steckte sie in der Sache drin. Sie war noch nicht gänzlich bereit, ihren Traum aufzugeben.

Um mit ihr zu chatten oder Mails zu schreiben von einem *Cyber-Cafe* aus, lief er drei Stunden lang durch die Wüste und drei Stunden zurück. Diesen Stress nahm er auf sich und auch seine Tochter, die inzwischen schon *Mom* zu ihr sagte. Sie musste selber lachen, als sie mir das erzählte, so verrückt hörte sich das jetzt an. Dann hatte er plötzlich einen Laptop in Aussicht und schon angezahlt. Es fehlten ihm aber noch immer 550 €. Sie sollte ihm das Geld per Western Union überweisen. Sie lehnte auch dies ab, weil in einer beginnenden Beziehung Geldforderungen nichts zu suchen hätten. Außerdem sei er ja von seiner Firma in Schweden kurzfristig nach Ghana geschickt worden, und da hat doch wohl sein Chef dafür zu sorgen, dass er leben und arbeiten kann, und dazu gehöre ja auch ein Kommunikationsmittel. Plötzlich war er sein eigener Chef. Er sendete ihr sogar die Ablichtung von seinem gefälschten Pass.

Er spürte ihre Skepsis und schrieb: „Es war schön, deine süße und liebevolle Stimme hören, und ich wette, sie wollen nicht, Englisch zu sprechen heute? Ich vermisse dich und deine süße Stimme. Hoffe, du hast erhalten die Blumen? Bitte Bea lass es mich wissen wie schnell sie können mir das Geld zu bekommen der Computer aus der Gerät Shop. Ich freue mich mit ihnen zu sprechen bald. Ich liebe dich so viel mehr. Joe."

Das alles kam ihr so unwahrscheinlich vor, dass sie hoffte, der ganze Spuk wäre vorbei. Er meldete sich drei Tage nicht bei ihr. Sie war etwas zur Ruhe gekommen. Dann teilte er ihr plötzlich per SMS mit, dass er sich eine Telefonkarte gekauft hätte, um im Notfall mit ihr verbunden zu sein, und er ihre liebe Stimme hören könnte, wenn sie ihn anruft. Das Englisch war ganz und gar nicht jenes, was sie von Joe gewohnt war. Sie gab die Vorwahl ins Internet ein, und siehe da THAImobile. Bea war klar, eine Handynummer, die sie viel Geld kosten könnte. Langsam wurde sie wütend, auf ihn und auf sich selbst. Daran änderte auch der große Blumenstrauß mit dem niedlichen Teddybären nichts, der inzwischen bei ihr angekommen war, obwohl er anstelle ihres Familiennamens den zukünftigen gemeinsamen Namen angegeben hatte. Sie ging der Sache nach und fand heraus, dass die Blumen weder in Schweden noch in Ghana, sondern ganz woanders geordert wurden. Trotzdem bleibt es ihr ein Rätsel, wie man sie in dem großen Wohnhaus mit drei Hinterhöfen ausfindig machen konnte. Von da an ging sie weder ans Telefon noch auf Skype und beantwortete auch seine Mail nicht, in der er sie nochmals aus Liebe um die 550 € anging, die er ihr sofort zurückzahlen wollte, wenn er wieder in Schweden sei.

„*Nigeria-Connection*", sagte ich, „die sind doch überall auf Dummenfang. In Zeiten, wo immer mehr Leute im Internet auf Partnersuche gehen, mischen halt viele mit im Geschäft mit der Liebe. Es gibt genügend einsame Frauen, die in solch eine Bekanntschaft ihre ganze Hoffnung und ihr Geld setzen."

„Und wie blöd muss man sein, um auf so etwas hereinzufallen?", fragte Bea, die sich noch immer nicht beruhigt hatte.

„Diese Liebesschwüre schon in den ersten Nachrichten, so verrückt sie mir auch vorkamen, habe ich trotzdem gelesen und beantwortet. Schade um die Zeit, die ich damit vergeudet habe!"

„Komm, mach dir keine Vorwürfe, Liebe hat immer auch was mit verrückt sein zu tun", beruhigte ich sie, „zum Glück hast du nicht gezahlt, andere Frauen haben dabei viel, viel Geld verloren. Für das Geld, das du gespart hast, kannst du dir ja etwas bei IKEA kaufen oder bei www.dildoking.de."

Da musste sogar sie lachen und hatte plötzlich Lust, den Film *Schwedisch für Fortgeschrittene* anzusehen.

„Du hast doch die DVD", meinte sie, „eine gute Gelegenheit, deinen geilen neuen Fernseher auszuprobieren!"

Auf dem Weg zu meinem Fernseher schwärmte sie: " Weißt du noch, Elisabeth, die ausgeflippte Gynäkologin, wie sie der überkorrekten und spröden Knöllchenverteilerin Gudrun den überdimensionalen Vibrator erklärt hat?"

Bea konnte sich kaum einkriegen: „Es gibt ein Leben nach Ehekrampf, Geschlechterkampf und Liebesbetrug!"

Wir bekamen plötzlich Lust, auch mal wieder etwas Verrücktes zu tun und gingen auf die oben genannte Webseite.

Currypulver und Astrologie

Die Idee des Films ist total faszinierend. Statt im Londoner Nieselregen zu versauern, wollen sieben Rentner ihren Lebensabend lieber unter indischer Sonne genießen. Sie lassen sich auch nicht unterkriegen, als sich das angepriesene paradiesische Hotel, ein Superangebot aus dem Internet, als abenteuerliche Bruchbude entpuppt. Stattdessen nutzen sie ihre Kreativität und ihr Improvisationstalent, um das Beste aus dieser Situation zu machen.

Indien und Kino sind Beas große Leidenschaften, und so lud sie Anne und mich ein in die britische Komödie über ein exotisches Hotel. Nachdem wir uns nahezu ausgeschüttet hatten vor Lachen, träumten wir auf dem Heimweg von einer Zukunft in Indien, ohne uns intensiv mit der dortigen Situation auseinandergesetzt zu haben.

Auch Anne hatte eine Affinität zu diesem Land, hatte sie doch auf Beas Vermittlung hin den Auftrag erhalten, zwei große Wandbilder für das Restaurant ihres indischen Bekannten zu malen. Er selbst ist ein Kreativling durch und durch, konnte jedoch seine künstlerischen Fähigkeiten, die in ihm schlummern, bisher nicht so richtig entfalten. Seine Idee, dass sie ihn im Malen unterrichtet, lehnte sie jedoch dankend ab, da sie ihn für einen Draufgänger hielt. Im Scherz nannten wir ihn einen Kunstschläfer, dessen Tag noch kommen würde. Bis dahin schmückte er sich mit fremden Federn. Ja, das konnte er, und Bea zog ihn auf, wenn er wie ein Gockel umherstolzierte.

Dann sagte sie zu ihm ganz unverblümt: „Wenn du an einem Spiegel auch nur vorbeigehst, dann zerspringt dieser in tausend Stücke!"

Für 'nen Appel und 'n Ei übernahm Anne den oben erwähnten Auftrag, weil sie einfach Lust hatte, großflächig zu malen. Die erste schwierige Aktion war schon, die entsprechenden Malflächen bzw. Spanplatten aus dem Baumarkt zu ihr nach Hause zu transportieren. Sie mussten die Platten verbiegen, um sie in Beas Auto hineinzubekommen. Die zweite Schwierigkeit bestand darin, einen Platz zum Malen zu finden.

Das eine Bild, 1,60 x 1,20 m, stellte das Taj Mahal dar, das andere Lotosblüten in einem Teich. Annes Gemälde sah wirklich top aus. Der weiße Bau mit den blauen Kuppeln faszinierte auch mich schon immer. Je intensiver ich das Gemälde betrachtete, desto klarer wurde mir, weshalb es der bengalische Dichter Rabindranath Tagore als *eine Träne auf der Wange der Zeit* beschrieb. Das Bauwerk war eine Liebeserklärung, denn der Mogul-Herrscher Shah Jahan ließ es zum Andenken an seine Lieblingsfrau Mumtaz Mahal, die nur 21 Jahre alt wurde, errichten.

Ich stellte mir vor, ich ginge durch das Eingangstor, und der weiße prächtige Bau leuchtet mir in der Sonne entgegen. Im Zentrum thront die große blaue Kuppel. Vier Minarette vervollständigen das Bauwerk, das sich in einem langen Wassergraben spiegelt, der von einem Garten eingerahmt wird. In der persisch-arabischen Architektur soll dies ein Abbild des Paradieses sein. Nicht gerade leicht, das in einem Gemälde auszudrücken.

Aber Anne gelang das, denn sie hatte sich viele Fotos angeschaut und während des Malprozesses eine innige Beziehung zu diesem Bauwerk hergestellt. So lag es ihr fern, über den wahren Wert des entstandenen Kunstwerkes nachzudenken und darüber, dass ihr dadurch vielleicht eine reale Indienreise durch die Lappen gegangen war.

Das *Best Exotic Marigold Hotel* musste also noch warten. Bea wollte ohnehin vorher noch einen Meditationsmonat in einem Ashram in der Nähe von Mumbai verbringen, um ihr Gleichgewicht wiederzufinden, genau wie Liz aus einem ihrer Lieblingsbücher. Auch den Film zum Buch hatten wir uns gemeinsam angesehen und träumten alle drei noch von der romantischen Liebe, die Liz schließlich am Ende der Welt gefunden hatte.

Da Bea es jedoch ein wenig schneller wollte, loggte sie sich in ein *Ü 50*-Portal ein, wo sie hoffte, von anzüglichen Zuschriften 35-jähriger Lustmolche verschont zu bleiben. Auf Grund ihrer wohlproportionierten Erscheinung passt sie nun mal in das Beuteschema wesentlich jüngerer Männer.

In *Ü 50* lernte sie, welch Wunder, tatsächlich einen Inder kennen, Jamal, 62, bereits 30 Jahre in Deutschland als Informatiker in verschiedenen Unternehmen tätig, jetzt im Ruhestand. Seitdem beschäftigt er sich intensiv mit der indischen Astrologie, diese ist Hobby und Berufung. Sein

Deutsch ist ausgezeichnet, sein Englisch ist schwer zu verstehen, denn die Aussprache ist für uns ungewohnt. Da das Englisch der Inder sehr vom Hindi beeinflusst ist, nennt man es nicht umsonst *Hinglish*.

Das erklärte er ihr, als sie stundenlang telefonierten. Sie konnten gut miteinander reden, über die indische Lebensweise, besonders die indische Küche, die sie sehr liebt. So ist es nicht verwunderlich, dass sie sich im *Maharadscha*, seinem Lieblingsinder, verabredeten. Er wollte sie mit einigen kulinarischen Köstlichkeiten verwöhnen und ihr einiges über die indische Astrologie erzählen. Das war es, weshalb sie sich treffen wollten, und nicht, um den Größenunterschied zwischen sich festzustellen, indische Männer sind nun mal nicht die größten, fühlen sich aber so.

Bea bereitete sich den ganzen Tag auf das Treffen vor. Wieder hatte sie das ungute Gefühl, sie hätte nichts anzuziehen, und überhaupt nichts passte zusammen. Also entschied sie sich für das Übliche: Lieblingsshirt und Lieblingshose, taubefarbene Hose, weißes Shirt, flache Schuhe. Das Gesicht schminkte sie sehr dezent und betonte die Augen. Vor lauter Aufregung hatte sie ihre Lesebrille zu Hause liegen lassen und musste deshalb noch einmal zurück. So kam sie mit fünf Minuten Verspätung am *Maharadscha* an und hatte gerade noch Zeit für einen prüfenden Blick ins Schaufenster des Buchladens, an dem sie kurz stehen geblieben war. Jamal erwartete sie am Eingang des Lokals.

Das musste er sein, denn er stand als einziger dort und machte einen erwartungsvollen Eindruck. Sie schätzte ihn auf stolze 1,65 im Vergleich zur Türhöhe. Das kam auch ungefähr hin, als sie neben ihm stand. Er begrüßte sie mit einem freundlichen Lächeln und hatte bereits einen passenden Tisch ausgesucht. Obwohl sie sich ein wenig mit der indischen Küche auskennt, folgte sie gern seiner Empfehlung und entschied sich für ein Gericht aus dem *Tandori-Ofen*, *Tandori-Chicken Masala*, dazu ein *Mango-Lassi*.

„Und das *Nau*-Brot solltest du unbedingt probieren", bemerkte er in einem netten Ton. Das sei eine Spezialität des Hauses.

Während sie auf das Essen warteten, erzählte er einiges über seine familiäre Situation: verheiratet, zwei erwachsene Kinder, die noch zu Hause wohnten, die Ehefrau, mit der er sich auseinandergelebt hätte; Scheidung sei nicht möglich, da sie sonst nach Indien abgeschoben würde.

„Na toll!", dachte Bea. Da er mit offenen Karten spielte, brauchte sie sich wenigstens nicht erst etwas auf ihn einzubilden.

Er interessierte sich sehr für ihre Arbeit in der Schule. Bea möchte allzu gern ein Kunstcafé aufmachen. Jamal zeigte ihr auf seinem *APPLE iphone4 8GB weiß*, mit dem er so gut wie alles machen konnte, Bilder von indischen Gottheiten in farbenprächtigen Gewändern. Er hatte es nicht so sehr wie *Taj Mahal-Nisa* mit seiner Schönheit, sondern mehr mit seinen technischen Highlights.

Inzwischen kam das Essen. Die Currysauce hatte es in sich und musste mit Sahne etwas entschärft werden. Wer kennt nicht das gelbe Currypulver! Es war ihr neu, dass es sich dabei um eine Gewürzmischung handelt. „Pfeffer, Koriander und Cumin gehören auf jeden Fall dort hinein, aber auch Knoblauch, Chili, Fenchel, Zimt, Nelken oder Ingwer können beigemischt werden," erklärte Jamal, „in Indien stellt sich jede Hausfrau ihre eigene Mischung her. Die gelbe Farbe kommt auf jeden Fall vom Kurkuma."

Nebenbei lief auf einem großen Monitor ein Bollywood-Film mit dem üblichen Inhalt, der romantischen Liebe. In diesem Film nimmt eine junge Frau vor ihrer Hochzeit Abschied von ihrem Geliebten. Deshalb reisen die beiden für ein Liebeswochenende nach *Mumbai*. Es ist Frühling, sie treffen sich unter einem Baum, kahl wie die Laubbäume bei uns, aber übersät mit großen orangeroten Blüten, leuchtende Farbtupfer im matten Morgenlicht. Wie der Baum mit den faustgroßen tulpenähnlichen Blüten heißt, das konnte ihr Jamal auch nicht sagen.

Deshalb schaute er in sein iPhone: „*Ashoka* ist einer der legendärsten heiligen Bäume Indiens mit faszinierenden Blüten. Es ist ein Baum mit tiefgrünem Blattwerk und stark duftenden, leuchtend orangeroten Blüten", übersetzte er aus dem Indischen, „aber vielleicht ist es auch der Korallenbaum?"

„Ah ja, aber Wäsche waschen, staubsaugen und kochen, das kann das *APPLE iphone4* noch nicht?", scherzte Bea.

Darüber musste er auch lachen: „Aber astrologisch, da hat es schon einiges drauf!" Er machte sie richtig neugierig, indem er ihr einige Abbildungen zeigte.

Damit kamen sie schließlich zur Astrologie. Sie wünschte sich, dass er ihr die Besetzung der einzelnen Häuser an ihrem Beispiel erklärt. Es fiel ihr nicht leicht, ihm zu folgen. In der westlichen Astrologie kennt sie sich ein wenig aus, die chinesische ist für sie ein Buch mit sieben Siegeln. Er erzählte ihr etwas von unterschiedlichen Tierkreissystemen und wie sich das auf die Berechnung auswirkt. Was hieß das nun für sie?

Jamal begann mit seinen Berechnungen, und nun wurde Bea klar, weshalb sie gerade mit diesem Mann im *Maharadscha* saß, denn sie als kreatives Wesen brauchte ein maximales Maß an persönlicher Freiheit und würde am besten mit einem Partner harmonieren, der entweder familiär gebunden sei oder ein Ausländer, am besten beides zusammen.

Natürlich legte sie nicht jedes Wort auf die Goldwaage. Ihm schien das Gespräch sehr zu gefallen. Bea war klar, dass er längst ihre mit seinen Daten verglichen hatte, und es war nicht zu übersehen, dass er auf seinem *APPLE iphone4* mehrere Damen mit deren kosmischen Daten abgespeichert hatte.

Montezumas Rache

Bea hatte sich längere Zeit nicht bei mir gemeldet, was entweder bedeutete, Leo ist wieder ihr aktueller Lover oder das indische Horoskop hat sich realisiert. Im Bett soll er ja eine Granate sein, aber halt nicht nur in ihrem.

In diesem, dem ersten Fall, sage ich immer: „Richtig los kommst du von deinem Leo erst, wenn du mindestens ein halbes Jahr in einem indischen *Ashram* meditiert hast."

Teils aus Sorge, teils aus Neugier machte ich eine Stippvisite bei Bea. Glücklicherweise bestätigte sich meine Befürchtung nicht. Leo war nicht da, Bea war gerade beim Meditieren.

Ganz langsam und in voller Konzentration, Silbe für Silbe sprach sie das Mantra vor sich hin:

„*Om.*

Na.

Mah.

Shi.

Va.

Ya.

Om Namah Shivaya. Ich ehre die Gottheit, die in mir wohnt."

Dann wiederholte sie das Ganze noch zweimal.

„Seit vier Monaten habe ich nicht mehr meditiert", sagte sie völlig entspannt.

Im Raum sah ich die Energie knistern. Ich glaubte, es läge an Jamal, dem indischen Astrologen. Bea wehrte ab, sie nannte es ein rein freundschaftliches Verhältnis. Sie trafen sich öfters, um miteinander zu reden oder etwas zu unternehmen. Dabei kamen sie auch auf die Reise zum Abschluss ihres Studiums nach Krakau zu sprechen. Er lachte über die Schilderung der lustigen Begebenheiten, hörte ihr aber aufmerksam zu. Schließlich verriet ihr Jamal, dass er im bereits genannten *Ü50*-Portal auf der Suche nach einer Reisepartnerin für Polen sei. Krakau sei seine erste Wahl unter den polnischen Städten.

„Na und ... ", fragte sie, „hast du jemanden gefunden? Das dürfte doch nicht so schwer sein."

„Du musst doch nicht denken, dass irgendwer nach Polen fahren möchte", lachte er, „die Damen wollen lieber mit mir nach Kanada oder Australien. In Polen war ich aber noch nicht."

„Warum fragst du eigentlich nicht mich?", warf Bea ein. Sie hatte schon lange Sehnsucht nach Krakau und auch noch ein paar Urlaubstage zur Verfügung.

Jamal war offensichtlich erfreut, zumal er wusste, sie könne sich gut auf Polnisch verständigen. Für ihn war es kein Problem, online zu buchen, organisierte er doch öfter Reisen nach Indien. Sie dagegen hatte darin überhaupt keine Erfahrung, ließ es sich jedoch nicht nehmen, im Internet nach einer passenden Unterkunft zu suchen. Bea hatte Glück, fand zwei Zimmer im Stadtzentrum, 100

Meter vom zentralen Platz entfernt. Die Flüge und die Unterkunft, die Bea gefunden hatte, buchte er für fünf Tage Ende September.

In Krakau angekommen, nach einem ausgiebigen Stadtbummel, eröffnete er ihr, dass der Neffe seiner Nochfrau gerade dienstlich in der Stadt weilt. Er wollte ihn am Abend treffen und mit ihm in den nächsten Tagen einiges unternehmen. Im ersten Moment war sie etwas baff, dann nahm sie sich vor, die Stadt auf eigene Faust zu erkunden. Seit ihrem letzten Besuch waren Jahrzehnte vergangen, die Erinnerungen verblassten mit der Zeit. Bea genoss die polnische Küche in vollen Zügen, während ihr Begleiter die indischen Restaurants kennenlernte. Überhaupt gingen ihre Interessen weit auseinander. Während Jamal sich überwiegend für die Hightechläden interessierte, um mit den Verkäufern auf Hinglish zu kommunizieren, besuchte sie die Marienkirche, den Wawel und stromerte durch die Einkaufsstraßen. Neben dem täglichen Treff am Frühstückstisch hatten sie auch ein paar gemeinsame Erlebnisse wie Stadtrundfahrt und Museumsbesuche. Jamals bestimmende Art missfiel ihr, schließlich waren sie nicht in Indien! Ein wenig anders hatte sie sich den gemeinsamen Urlaub schon vorgestellt.

„Der Neffe seiner Nochfrau ist halt Teil seines Familienclans", dachte sie, „und da gehört ein gemeinsames Essen am Tag wohl dazu."

Sie erinnerte sich daran, was ihr Jamal über die Gepflogenheiten in der indischen Großfamilie erzählt hatte.

Der Zusammenhalt sei in Indien einfach stärker als bei den Deutschen. Einmal am Tag gemeinsam zu essen halte die Familie zusammen, darauf lege das Familienoberhaupt sehr großen Wert. So backen die Frauen täglich hunderte von Fladenbroten, braten himalajagroße Gemüseberge und rühren ozeanisch schwappende scharfe Currysuppen. Jamal gab allerdings zu, dass dieses System nur funktioniere, wenn man die Frauen gehörig unter Kontrolle halte.

Etwas scherzhaft fügte er hinzu, dass Schwierigkeiten vermeidbar seien, indem man für die heiratsfähigen Söhne Bräute von höchstens fünfzehn Jahren mit möglichst geringer Schulbildung aussuche. Deshalb auch der Kult um den Neffen.

Bea war nicht klar, welche Rolle sie auf dieser Reise spielte. So sah sie es als Vergeltung von indischen Gottheiten an, dass Jamal am Tag vor dem Heimflug von einem fiesen Durchfall heimgesucht wurde. Dabei hatte er doch am Abend vorher bei seinem Neffen indisch gegessen. Von Imodium hielt er gar nichts, wollte höchstens eines vor dem Rückflug nehmen.

Auf Beas besorgte Frage: „Wirst du überhaupt fliegen können?", erwiderte er großspurig, „na klar kann ich fliegen", obwohl sein Magen eine andere Antwort gab. „Es wird doch kein Problem sein, sich mit dem Taxi zum Flughafen kutschieren zu lassen."

So kam es dann auch. In der Nacht hatte er kaum geschlafen. Trotz Cola und Salzstangen war sein Magen nicht zur Ruhe gekommen. Die Taxifahrt hatte er gut überstanden, und der Fahrer bugsierte seinen Schrankkoffer noch zum Terminal. Endlich war er ihn los, und er fand einen Sitzplatz in Toilettennähe. Bea ging zum Automaten, um einen Becher Wasser zu holen, damit er endlich die Imodium einnehmen konnte, zu der sie ihn dann doch überredet hatte.

Nachdem sie Jamal stützend zum Bus und dann die Gangway hinaufbegleitete, beim Flugpersonal für ihn einen Sitzplatz neben der Toilette organisiert und während des einstündigen Fluges mehrmals nach ihm geschaut hatte, war ihr klar, was eine Reisebegleiterin wert ist. Dank der Imodium wider Willen verlor Montezumas Rache allmählich an Wirkung. Jamal erreichte mit seinem Riesenkoffer rennend sogar noch seinen Bus, um so schnell wie möglich zu seinem Familienclan zurückzukehren zum gemeinsamen Essen.

Über Montezumas Rache mussten wir dann doch herzlich lachen. Beas Fazit aus der Geschichte: Vor zwei Tagen hat sie sich im besagten LotusCafé angemeldet, einem Internet-Treffpunkt für Spirituelle. In diesem Internetportal geht es nicht nur um Partnersuche. Dort findet man Freunde und Begleiter für den Urlaub, für Alltag, Beruf, Projekte, Meditationen, Austausch und Kommunikation. Im LotusCafè treffen sich nicht nur Leute mit Interesse an Spiritualität.

Bea meinte: „Mein erster Eindruck von diesem Portal ist recht positiv. Es ist halt ein kreatives Netzwerk für

Leute, die glauben, dass es mehr zwischen Himmel und Erde gibt als man mit dem Verstand fassen kann."

„Toll", sagte ich, „ich wünschte, du findest dort, was du suchst."

„Der Mensch ist ein Geheimnis.
Bist du dein Leben lang bemüht, es zu enträtseln,
dann sage nie, dass du es vergeudet hast.“

Dostojewski

Der Klosterbruder

Tina Marie hatte ihn in einem Dating-Portal kennengelernt. Nun, da sie sich endlich einen Ganztagsjob als Abteilungsleiterin erkämpft hatte, meldete sie sich für sechs Monate bei *Singles mit Niveau* an und füllte den ellenlangen Fragebogen aus. Sie bezahlte nicht gerade wenig dafür, dass sie nicht nur Partnervorschläge erhielt, sondern mit den Jungs auch kommunizieren konnte. Es geht um höchstmögliche Übereinstimmung und wird in Matchingpunkten ausgedrückt.

Er nannte sich *Musikant*, hatte immerhin 95 von 100 möglichen Punkten, und so klickte sie ihn an. Sie stellte fest, dass er sie auch angeklickt hatte, sogar mehrfach.

„Einen letzten Versuch mache ich noch", sagte sie sich und schrieb ihm: „Hi, jetzt haben wir wechselseitig schon so einige Male in unseren Profilen gestöbert, aber es ist noch kein Kontakt zustande gekommen. Ich mache einfach mal den ersten Schritt, denn 95 Matchingpunkte, was immer das heißen mag, sind doch ein guter Ausgangspunkt."

Da sie viel dienstlich unterwegs war, in Frankreich, den USA und China, konnte sie selten aktiv werden. Ihr kam es nicht darauf an, sich so schnell wie möglich zu treffen. 20 bis 30 Mails gingen hin und her, bevor er den ersten Schritt machte und sie in sein Lieblingsrestaurant einlud.

Aus seinen Zeilen konnte sie herauslesen, dass er ein gläubiger Mensch war, der irgendetwas mit der Kirche zu tun hatte. Sie hielt sich ein wenig bedeckt, was ihren Glauben betraf. Tina Marie wollte nicht sofort mit der Tür ins Haus fallen und sich als ungläubig outen, da er sie als Mensch interessierte. Auch gefiel ihr seine Schreibweise und die Art, wie er seine Fragen formulierte, vor allem Fragen zu ihrem Hobby, der Fotografie. Da er sich auch für Bilder interessierte, kamen sie sich gedanklich immer näher. Mit seiner Leibesfülle war er das krasse Gegenteil von ihrer verflossenen Bohnenstange, war witzig, kein Besserwisser-, Aufschneider- oder Bestimmertyp, sondern tolerant, einfühlsam und musikalisch. Das stellte sie schon bei der ersten Unterhaltung fest, die ein vierstündiges, nur durch Bedienung am Asia-Büfett unterbrochenes Lachgelage wurde. Sie wollten sich wieder treffen, wenn ihnen zum Lachen zumute sei.

Dass eventuell mehr daraus werden könnte, das konnten sich beide in diesem Moment nicht so richtig vorstellen, denn er war ein noch verheirateter Diakon im kirchlichen Dienst. Sie dagegen ist eine Ungläubige, die zwar davon ausgeht, dass es mehr zwischen Himmel und Erde gibt als sie mit ihrem Verstand fassen kann, aber auch solch *teuflische* Hobbys hat wie Astrologie und Kartenlegen.

Gerade wieder einmal war das Thema Scheidung in der katholischen Kirche aktuell. Sie hatte keine Ahnung davon, dass nach katholischer Lehre Ehen nicht geschieden, unter bestimmten Voraussetzungen aber für nichtig erklärt werden können.

„Das soll jetzt unkomplizierter werden", erklärte er, ohne dass sie verstand, was er damit eigentlich sagen wollte.

Zusätzlich offenbarte er ihr, dass er in einem anderen Portal noch als Michaela unterwegs sei. Welche Gedanken ihr dabei durch den Kopf schossen, kann sich wohl jeder vorstellen. Dabei wollte er nur sehen, wie andere Männer ticken und mit welchen Sprüchen sie Frauen anmachen.

Sie fragte sich dann doch, wie er das alles mit seinem strengen Glauben vereinbaren konnte; Partnersuche im Internet, obwohl er verheiratet war, sich für Lernzwecke als Frau auszugeben und andere Männer zu verarschen ... wer weiß, was noch kommt.

Und tatsächlich, in weiteren Nachrichten schrieb er ihr, wie er als Michaela einem Draufgängertypen so richtig einheizte. Er musste ihm unbedingt verklickern, dass Männer, die sich mit nacktem Oberkörper reinstellen, wohl nur Luft im Kopf haben.

Tina Marie fand, dass er diese Belehrung auch vom Beichtstuhl aus hätte durchführen können. Sie fuhr erst einmal für zehn Tage nach Bayern zu einer Freundin, um den Umsatz in deren Cafè zu steigern. Da man dort erzkatholisch ist, passte der Besuch absolut zu ihrem Thema. *Passt schon*, wie fast alles dort, die Berge, die Sonne, der Schnee und ihre Freundin, die Schifferin vom Silbersee. Sie ist *a fesches boarisches Madl* und bewirtschaftet eine ganze Bäckerei.

Heidi ist wie die meisten dort gläubig, wollte aber die katholische Kirche reformieren und hatte sich mit dem Pfarrer und dem Gemeinderat angelegt. Sie erzählte Tina Marie, dass der alte Pfarrer Hirschleder in Rente gegangen sei und ein junger das Amt übernommen hätte. Er war witzig, konnte gut mit dem Gemeinderat, scharte die Kinder um sich und organisierte ein lustiges Jugendleben. An den Grundfesten der katholischen Kirche ließ er jedoch nicht rütteln, auch nicht von Heidi, die ihr Unverständnis über den Zölibat und andere weltfremde Dinge zum Ausdruck brachte, und das in einer Zeit, wo wir sogar einen schwulen Außenminister hatten. Sie erntete nur ein: „Nein, nein, nein!"

Nach dem sonntäglichen Kirchgang bestellte der Pfarrer immer einen schönen Gruß an Anton, ihren erwachsenen Sohn. Dabei hat sie auch eine ebenso hübsche Tochter, Bauchtänzerin, die er nie grüßen ließ. Heidi hielt ihn für altbacken und konservativ, und war umso erstaunter, als im Ort durchsickerte, mit ihm würde irgendetwas nicht stimmen.

Unter vorgehaltener Hand hieß es, dieser Pfarrer habe eine Liebschaft mit einem jungen Diakon aus Österreich, den er regelmäßig besuchte. Doch eines Tages verliebte sich dieser in einen anderen, und es kam zur Trennung, die der Pfarrer nicht verkraftete. Er begann zu stalken, so dass sein Ex-Geliebter ihn anzeigte.

Die Königsgetreuen vom Gemeinderat riefen: „Das ist Verleumdung und Rufmord, das lassen wir uns nicht gefallen!"

Doch er musste den Dienst quittieren, da er schon vorbelastet war. Aber darüber wurde der Mantel des Schweigens gehüllt.

Ach, wie war die Kirchengemeinde schockiert, als am folgenden Sonntag ein Dunkelhäutiger von der Kanzel predigte, mit einem Smile von einem Ohr zum anderen. Eine besondere Rolle spielten in der Gemeinde fünf lustige Franziskanerbrüder, die mit ihren braunen Kutten, Stecken und Strohhüten bei jeder Feier dabei waren. Sie tanzten mit, tranken auch mal einen über den Durst, gaben sich ganz volksnah. Tina Marie, die sich sehr für Klöster interessierte, hatte sofort einen guten Draht zu den fünfen. Sie erzählten ihr, es hätte im Mittelalter an diesem Ort auch ein Nonnenkloster gegeben, von dem aus ein unterirdischer Gang zu dem ihren führte. Da sei ganz schön das Pöstchen abgegangen! Warum auch nicht? Alles brauchbare Gemüse wie Gurken, Möhren und Rettiche sei nämlich sofort klein geschnitten und in der Klosterküche verarbeitet worden, damit die Nonnen gar nicht erst auf dumme Gedanken kommen konnten.

„Ganz schöne Schelme, die Franziskanerbrüder!", dachte Tina Marie, während sie mit ihrer Freundin über den See schipperte und das herrliche Panorama genoss. Heidi hatte noch andere lustige Anekdoten auf Lager, und sie mussten aufpassen, dass der Kahn nicht kenterte, weil sie sich vor lauter Lachen kaum noch einkriegen konnte. Obwohl ich nicht alles verstand, lachte ich mit.

Während dieser Zeit meldete sich Tina Marie's Diakon mehrmals per Mail, und als sie wieder zu Hause angekommen war, sagte er ihr am Telefon, ihm sei wieder mal zum Lachen zumute. Er lud sie in einen lustigen Film ein und machte ihr Komplimente. Als es dann endlich mit einem gemeinsamen Termin klappte, wurde der angekündigte Film gar nicht gespielt, und sie entschieden sich für einen Kinderfilm. Da die letzte Reihe frei war, kamen sie sich näher und näher. So wohl wie mit ihm hatte sich Tina Marie lange nicht mehr mit einem Mann gefühlt und fragte ihn nach längerer Kennenlernphase, ob er nicht Lust hätte, mit ihr für ein paar Tage in ein Kloster zu fahren mit Übernachtung.

Das Zimmer ähnelte so ganz und gar nicht den Zellen, in denen die Nonnen wohnten. Der Fernseher war echt nostalgisch und hatte keinen Empfang bis auf einen polnischen Sender. Dafür waren die IKEA-Möbel sehr bequem, und es wäre bestimmt ein gemütlicher Tagesabschluss geworden, wenn der Fernseher funktioniert hätte. Statt stundenlang an diesem Teil herumzuexperimentieren, verbrachten sie den Abend lieber in der Klosterschänke bei einem kühlen *Franziskaner*.

„Einen Menschen zu lieben, heißt ihn so zu sehen,
wie Gott ihn gemeint hat.“

Dostojewski

Tina Levin

Flirten auf Italienisch

Er war total abgefahren auf meinen Profiltext sowie mein Foto, lobte meine natürliche Ausstrahlung. Da hatte ich wohl doch das richtige Bild ausgewählt, zwar nicht das neuste, aber mit schönem Hintergrund, aufgenommen im Botanischen Garten. *Er* ist ein gewisser Roberto aus München. Italienischer kann ein Name kaum klingen, Roberto!

Ich war erst einmal in Bayern, und die Leute dort hielt ich früher für hinterwäldlerisch, erzkatholisch, konservativ, unflexibel mit einer seltsamen Sprache, die ich kaum verstehen konnte. Außer Tina Maries Freundin Heidi, der Schifferin, kannte ich ja nur den *Bullen von Tölz.*

Doch Roberto, dieser etwas überstudierte Werbeonkel und Akkordarbeiter in Sachen Musik, machte mich neugierig, schrieb er doch, dass er in so manchen Momenten des Lebens gern zu zweit wäre. Mich befiel die gleiche Sehnsucht, ich wollte auch nicht mehr alleine durchs Leben gehen. Glück mit Männern – bisher Fehlanzeige! Nun bin ich über 60, eröffnete online eine Werkstatt für Blumendekorationen, und glaubte, in Roberto vielleicht den Mann für die zweite Hälfte des Lebens gefunden zu haben.

Ein bisschen ausgeflippt, ursprünglich, künstlerisch interessiert, musikalisch, authentisch, aber nicht weltfremd, das durfte er gerne sein. Suchte ich etwa einen Lebenskünstler, der das Meer und die Musik über alles liebte, und der, wenn er nicht an seinem Zweimaster werkelte, in seiner Lieblingskneipe Klavier spielte? Diese Kneipe befand sich in Italien, irgendwo an der schönen blauen Adria. Sollte ich mir etwa einen Kopf darüber machen, ob er dadurch überhaupt Zeit für mich finden würde?

„*Sto bene bella, ciao*! Bin schon etwas süchtig nach deinen Nachrichten geworden, wie nach dem neuen Tag, dem Gespräch aus einem guten Mix aus Leben und Witz … *va bene cosi Signorina con le gambe lunghe*", schrieb er in seiner unvergleichlichen Art von Schmeichelei und Herausforderung.

Er kokettierte mit seinen Italienischkenntnissen, indem er seinen Nachrichten immer einige italienische Floskeln beifügte. Kein Wunder, denn er hatte diese Sprache mehrere Jahre an der Universität in Bologna studiert. Dazu gab ihm der monatelange Aufenthalt im Süden Gelegenheit, sie zu praktizieren.

Ohne große Anstrengung gelang es ihm, mit seinem *Mamma mia* und *tanti saluti!* bei mir zu punkten. Gerade das liebte ich an diesem Gedankenaustausch, und ich erinnerte mich an meine misslungenen Versuche, italienisch zu lernen. Dabei hatte ich diesen Herzenswunsch durch die Lektüre meines Lieblingsbuches unlängst aufgefrischt. Ein Wörterbuch begleitete mich wie ein treuer Freund. Oftmals wurde meine Phantasie enorm herausgefordert. Für mich gibt es wohl keine Sprache, die melodischer klingt. Ich bin noch immer verliebt in dieses Italienisch, auch wegen Roberto, der in Wirklichkeit kein Italiener ist. Das hatte ich inzwischen herausbekommen. Dass ihn mehr als nur sein Segelschiff mit Italien verbindet, ebenfalls.

Es gelang mir, mit Witz und Esprit zu kontern und sein Interesse wachzuhalten. Mein *Ciao Arminio, purtroppo non parlo l'italiano* und *ti trovo interessante* honorierte er mit einem: „He, die beiden Sätze waren ja schon mal vom Feinsten, fehlerlos! *L'ultimo saluto dell'Italia!*"

Als ich dann auch noch einen Satz aus meinem Lieblingsbuch zitierte, blieb ihm fast die Spucke weg: „*Mamma mia, una buona forchetta ...*"

Er gestand: „Habe ich noch nie gehört, klingt aber wie von einer gut genährten, beseelten Nudel-Mama aus den tiefsten Slums Neapels! ... Fahren wir mal zusammen dorthin??? Ich habe ja zehn Jahre in Rom gelebt, und war naturgemäß mehrmals in Neapel. Ich sage dir, da spürst du schon am Hauptbahnhof, wie das Herz bereits unter der obersten *strato di pele*, Hautschicht, tobt. Das ist er doch, mein Traum: Ein kleines Dachgemäuer in der Altstadt und 'ne Holzhütte auf Pfeilern irgendwo am Strand ... Meer und Sonnentage *per Anno*."

Nichts lag mir ferner als die Richtigkeit seiner italienischen Sprachschnörkel anzuzweifeln. Meine Phantasie half mir über gelegentliche Ungereimtheiten hinweg.

Ich sollte seine Träume teilen, ob ich das in dieser Konsequenz wollte, darüber musste ich noch nachdenken. Um mir Zeit zu verschaffen, schrieb ich ihm, dass es mein

Hobby sei, nachts auf dem Kinderspielplatz bei Mondschein zu schaukeln. Natürlich wollte ich ihm die zweite Schaukel freihalten. Mal sehen, wer höher kommt! Ich stellte mir vor, wie seine Nussschale, der Zweimaster, auf den Wellen schaukelt, groß, alt, nostalgisch, wohnlich und wunderschön, aus seiner Sicht. Es gab auch noch einiges zu restaurieren, für eine Person eine stolze Herausforderung.

Er fragte mich: „Magst du da nicht deinen Job an den Nagel hängen und hier unter italienischer Sonne mit mir zusammen eine Weltumseglung vorbereiten?"

„Meinte er das soeben ernst?", schoss es mir durch den Kopf, reagierte zunächst nicht darauf. Stattdessen erinnerte ich mich an ein Urlaubserlebnis an der Adria.

Ich sah das tosende Meer direkt vor mir. Die Schiffe im Hafen wippten im Wasser, schlugen aneinander. Ein Zweimaster mit einer jungen Familie erreichte gerade noch die Anlegestelle. Die beiden Kinder, acht und elf Jahre alt, hatte man in Schwimmwesten am Mastbaum festgebunden, damit sie nicht ins Meer gespült würden. In der Kajüte waren sie hin- und hergeworfen worden. Wollte ich das wirklich? Dann doch lieber den Schaukel-Führerschein machen!

Mit großen Schritten ging es auf Weihnachten zu. Roberto befand sich noch immer in Italien, noch kein Anruf, noch kein aktuelles Foto. Mir war klar, dass er kein Kind von Traurigkeit sein konnte und längst nicht mehr mit angezogener Handbremse unterwegs war.

Dafür eine Nachricht: „Übrigens hatte sich vorgestern hier schon mein Speicher gemeldet und vorgeschlagen, eine neue Datei für *Mamma mia* anzulegen, da die 50 Meter für Nachrichten überschritten wurden."

So richtig anfangen konnte ich damit nichts. Es dauerte einige Tage, bis er sich wieder meldete. Möglicherweise war er eingeschnappt oder hatte sich umorientiert.

„*Buon giorno, Mia*, du hast dich rar gemacht. Hast du inzwischen einen himmlischen Kandidaten ausfindig gemacht, der mit dir gemeinsam von diesem Marktplatz der Eitelkeiten verschwindet und im realen Leben Nägel mit Köpfen macht? ;-))) Oder machst du dir an Heiligabend selbst heiße Musik. Wenn es so ist, könntest du dich ja wirklich auf die Schaukel setzen, die *weiße Nachbarschaft* einatmen, in die Fenster der vielleicht weniger friedlich gestimmten Menschen schauen und einen Glühwein trinken – doch 'ne super Idee, oder :-))) … Und zu Silvester kommst du nach München.

Ganz spezielles italienisches Fondue mit meinen besten Freunden, kleiner Besuch in der Altmünchener Kneipe gleich um die Ecke und dann fünf Minuten bis zur Theresienwiese zum Mitternachtsspektakel mit Münchener Skyline. Am 1. dann großes Frühstück, ein Spaziergang durch den Westpark, vielleicht ein bisschen Rodeln und 'ne Schlittschuh-Partie – nach dem Wiederaufwärmen, vielleicht eine Ausfahrt an den Starnberger See oder zur Zugspitze.

Cari saluti Roberto"

Werbe-Märchen-Onkel, so nannte ich ihn fortan. Natürlich verbrachte ich Heiligabend nicht auf dem Spielplatz, sondern hatte ein paar gute Freunde eingeladen zum gemeinsamen Kochen. Ab und zu dachte ich an Roberto, daran, wie er seine Angel auswirft. Inzwischen war er längst wieder in Deutschland. Ich erhielt längere Zeit keine Nachricht von ihm, konnte aber sehen, dass er im Dating Portal online war, wenn das kleine grüne Lämpchen leuchtete. Stattdessen rief er mich an, als ich gerade in der Straßenbahn saß und vom Kinobesuch mit meiner Freundin zurückfuhr. Wir konnten uns nicht verstehen, oder wollte ich es gar nicht, weil ich inzwischen einen Mann kennengelernt hatte, dessen Lebensziel nicht in einer Weltreise mit einem Zweimaster besteht und der nicht wie ein Segel im Wind schwankte.

Das schrieb ich ihm, und dachte für mich*:* „Segeln ist die teuerste Art, unbequem zu reisen."

Er war gar nicht gekränkt und schrieb: „Hi Mia, hoffe, dir geht es gut. Wie fühlt sich die neue Liebe an, alles im Lot? Meine Favoriten sind im Augenblick eine Hochseeseglerin vom Chiemsee und een Tanz-Mariesche ud Kölle, *vediamo!*

Con carissimi saluti Roberto"

Das zeigt wieder einmal, Männer im Netz lassen nichts anbrennen, sie haben immer mehrere Eisen im Feuer. Vielleicht ist ja Kugelfisch, in den ich mich bei *Floppi* verliebt hatte und mit dem ich gemütlich beim Italiener in den Arkaden ein Eis aß, die rühmliche Ausnahme?

Humor hatte er jedenfalls und ein kleines gelbes Büchlein, aus dem er mir einige wichtige Sätze auf Italienisch beibrachte:

Tra zuppa inglese e fior di panna troverai forse la persona di tuo gusto. – Zwischen deinen Lieblingssorten findest du vielleicht auch die Person, die dir am besten schmeckt.

Anche tu sei molto gustosa. – Du bist auch ganz lecker.

Posso leccarti? – Darf ich an dir schlecken?

Tra le mie braccia ti scioglierai come il gelato nella tua coppa. – In meinen Armen wirst du genauso dahinschmelzen wie das Eis in deinem Becher.

„Und was heißt, du bist ja ein Sahneschnittchen vom Feinsten", fragte ich ihn.

Das stand leider nicht in seinem schlauen Buch.

Der Segeltrip

Mein Geburtstag fiel wie immer in die Saure-Gurken-Zeit. Es war Aprilwetter, kurze Tage, zu wenig Vitamin D. Der Frühling ließ diesmal auf sich warten. Meinen 62. wollte ich auf keinen Fall in diesem trüben nasskalten Berlin verbringen. So kam meine Schulfreundin Gerti auf die Idee, gemeinsam mit mir für eine Woche auf die Kanaren zu fliegen, um Sonne zu tanken. Sie hatte ein Schnäppchen gemacht, und so flogen wir erwartungsvoll der Sonne entgegen.

Der Flug verlief kurzweilig, da sich unsere Sitznachbarin, die mit dem Fensterplatz, mehrmals an uns vorbei zur Toilette durchkämpfte. Wir nutzten die Zeit, um aus dem Fensterchen einen Blick auf die vorbeiziehenden Wolkenformationen zu werfen. An Frau Baumkuchen vorbei wäre das niemals möglich gewesen. Ihre Figur schlug Wellen oder Dellen wie bei einem solchen Kuchen, während sie genüsslich vor sich hin spachtelte. Nach dieser Aktion erhob sie sich, rüttelte an ihrem viel zu stramm sitzenden Streifenkleid, so dass wir die Schokoladenkrümel ins Gesicht bekamen.

Während sie wieder zur Toilette eilte, fiel mir der Spruch ein: „Baumküchlein, rüttle dich und schüttle dich, wirf Kuchenkrümel über mich."

Wir lachten uns schlapp, womit wir einige junge Leute ansteckten, die sich bereits über den Streifenlook lustig gemacht hatten.

„Achtung Wellengang", hörten wir aus der Bank vor uns, dann mussten wir uns auch schon wieder erheben.

"Schön für den, der einen Fensterplatz ergattert hat", sagte Gerti, „weißt du, warum die Fenster nicht mehr rechteckig sind?"

Darüber hatte ich mir bisher keine Gedanken gemacht, deshalb schüttelte ich mit dem Kopf.

„Na weil in dieser Flughöhe wie jetzt gerade, der Luftdruck so niedrig ist, dass man innerhalb von Sekunden das Bewusstsein verlieren würde." Kurzer Blick zum Baumkuchen, dann fuhr sie fort: „Deshalb wird der Kabinendruck künstlich erhöht, je höher wir fliegen, desto mehr. Eckige Fenster lassen diese Kräfte nicht vorbeifließen, sondern würden den Druck auf das Flugzeuggehäuse verstärken."

Während ich Gertis Technikverstand bewunderte, untersuchte *der Baumkuchen* mit ängstlichem Blick das Kabinenfenster. Sicher fragte er sich gerade, ob *oval* nun *rund* ist oder eher *eckig*. Wieder wurden wir zu Stehaufmännchen, hatten dafür aber freien Blick bis zur Landung. Welch ein Glück, denn so konnten wir durch eine Wolkenlücke den herrlichsten Blick auf den Vulkan erhaschen.

Nach der Landung dann Suche nach dem Mann mit dem Schild. Es war plötzlich alles anders, als die Instruktionen des Reisebüros es vorhersagten. Glücklicherweise hatte Gerti mit den Kanaren bereis Bekanntschaft geschlossen und erkannte ihre *Schweine am Gang*. Kleines Fahrzeug, netter Fahrer, der schon auf uns wartete, ungeduldiger Tourist vom Typ Quasselstrippe und eine junge Dame, die auch gesucht hatte. Diese stieg allerdings in einer felsig-sandigen Einöde wieder aus, so dass wir dem Sabbelkopp alleine ausgeliefert waren. Wir fuhren an die grüne Nordküste, tolles Hotel mit Blick auf Stadt und Meer sowie verführerischer Küche.

Am nachhaltigsten in Erinnerung blieb mir die Busfahrt zum Vulkan, dem *Teide.* Es war ein wunderschönes Erlebnis bis zu dem Zeitpunkt, als ich feststellte, dass man mich um mein Portemonnaie samt EC-Karte und Urlaubsgeld erleichtert hatte.

Gerti machte sich Vorwürfe, da sie mich einen Moment aus den Augen gelassen hatte, unterstützte mich aber bei der Suche nach meinem Recht. Es wurde dann doch ein ziemlich teurer Urlaub, da die Gangster sich innerhalb von zwei Stunden an meinem Konto bedient hatten, sogar ohne Geheimzahl.

Nie vergessen werde ich wohl den Segeltrip auf dem Atlantik, zu welchem ich Gerti überredet hatte. Sie sagte mir nichts davon, dass sie leicht seekrank wird, wollte mir den Geburtstag jedoch nicht verderben. Glücklicherweise buchten wir bereits, als ich noch gut bei Kasse war.

Am Tag vor der Heimreise war es dann so weit. Nach einer endlos scheinenden Busfahrt an die Südküste von Teneriffa lag er endlich vor uns, *Taka-Tuka,* der altertümliche Zweimaster, gebaut in Marokko. Als die Maschinen angeschmissen wurden, zog ein öliger Geruch in meine

Nase, den ich nur sehr schwer ertrug. Dazu schaukelte das Schiff auf den Wellen, so dass einige von uns bereits kreidebleich über der Reling hingen und die Fische fütterten. Als erste erwischte es meine Freundin Gerti. Die Reiseleiterin wollte uns über Mikrofon weismachen, das sei ganz normal und wir sollten einfach an etwas Schönes denken.

Unter diesen Umständen lernte ich Carmen kennen. Wir waren uns zwangsläufig an der Reling nähergekommen, wohin uns die wild brausenden Wogen geschleudert hatten. Dort klammerten wir uns fest, sahen auf die Wellen und kamen ins Gespräch, natürlich über das Thema Männer. Internet-Dating nannte sie ihre Spezialität. Gab es etwas Schöneres, an das wir hätten denken können?

Die 65 Jahre sah man Carmen nicht an. Die Haut jugendlich frisch und straff, halt ein echter Kurvenstar. Um ihre Pfunde machte sie kein Hehl, nannte jedes Gramm sexuelle Schwungmasse. Ganz anders als Frau Baumkuchen kokettierte sie eher mit ihrer Figur, als anderen damit auf die Nerven zu gehen: „Ich bin zu dick, um wegzulaufen, ich kämpfe!" Kein Wunder, dass sie in ihrem Singleportal sehr oft von jüngeren Männern angeschrieben wird.

„Ist schon interessant, wie viele Männer ab 30 in einer WG leben, wo der Mitbewohner ziemlich kompliziert ist. Ein triftiger Grund, bei sich keinen Besuch zu empfangen, eben wegen dem WG-Kumpel", plapperte sie munter drauflos. „Junge Männer um die 25 suchen eine langfristige *Dauerfreundschaft* mit einer älteren Frau, da man sich mit denen besser unterhalten kann und sie nicht so einen Stress machen."

Sie erzählte mir, dass sie unlängst von einer 24-jährigen männlichen Jungfrau angefragt wurde, ob sie sein erstes Mal sein wolle. Er würde es mit einer älteren Frau mit viel Gefühl machen wollen.

Ihr Slogan ist: „Lieber einen 20 Jahre jüngeren als einen gleichaltrigen Kerl, aber nicht um jeden Preis."

Während das Schiff auf den Wellen schaukelte, dachte ich an Roberto, den segelverrückten Werbegrafiker aus Bremen, jetzt München, der den Sommer über in Italien lebt. Auf meine Seetüchtigkeit vertrauend, hatte er mich doch zu einer Weltumseglung eingeladen. Zuvor sollte ich ihm helfen, sein Schiff startklar zu machen. Meine Bereitschaft, alles stehen und liegen zu lassen, um mit ihm auf Weltreise zu gehen, hielt sich in Grenzen. Das war vor einem Jahr, und nun bin ich mir sicher, dass ich damals richtig entschied, denn mit meiner Seetüchtigkeit ist es wirklich nicht weit her.

Ich skizzierte Carmen die Situation mit wenigen Worten, und sie verstand: „Typisch Internetbekanntschaft, noch nie gesehen, aber ein Jahr zusammen auf einer Nussschale durch die Welt schippern wollen."

Als dann das Kommando kam: *Wale in Sicht!* erhob ich mich mit letzter Kraft und schwankte auf ein Seil zu, an dem ich mich festhielt. Solange ich den uns begleitenden Walen zuschaute, gelang es mir, die Übelkeit zu verdrängen. Schließlich hatte man uns versprochen, Grindwale und Delfine zu Gesicht zu bekommen, und das wollte ich nun auch. Während ich vergeblich nach den angekündigten Delfinen suchte, die in der Bugwelle unseres Bootes surfen und die tollsten Sprünge aus dem Wasser vorführen, meldete sich auch mein Magen.

Carmen, die bereits eine gelblichgrüne Gesichtsfarbe angenommen hatte, klammerte sich mit letzter Kraft ans Geländer und sagte: „Guck mal, die sehen hier alle schon ein bisschen komisch aus!"

Ich ließ mir auch eine blaue Tüte geben und rührte mich nicht von der Stelle, jetzt war es auch bei mir so weit. Völlig fix und fertig saßen wir nebeneinander auf der Bank, wohin es uns geschleudert hatte, sprachen uns gegenseitig Trost zu.

An Deck wurde ein Segeltuch gespannt. Darunter servierte man das Mittagessen, nachdem einige mutige Mädchen ins Wasser gesprungen waren. Es handelte sich um eine besonders schöne Stelle vor einer etwa 700 Meter steil aufragenden Felswand, den Acantilados de Los Gigantes. Die Wassertemperatur soll um die 23 Grad betragen haben, also wärmer als es uns an Deck bei dem Wind vorkam. Während die Mädchen in ihren nassen Bikinis die Mahlzeit genossen, bekamen wir keinen Bissen herunter und begaben uns aus der Riechweite des Essens auf die hintere Seite des Seglers, wo meine Freundin Gerti bereits saß und schlief. Auf dem Vorderdeck hisste inzwischen jemand seine grüne Hose, die nun wie ein Segel im Wind stand.

„Der Olle hat sich wohl selber angek … ", platzte Carmen heraus, „und nun hat er voll die Windhose!"

Da musste ich auch lachen. Wir lästerten weiter über die Männer im Allgemeinen und über die im Netz ab, vor allem über Typen wie Roberto.

„Ich möchte nicht sein komisches Gesicht sehen, wenn du geschrieben hättest, dass du übermorgen mit Sack und Pack einschiffst", scherzte Carmen, der es inzwischen wieder gut ging und die einige Lovestorys aus dem Netz zum Besten gab.

Zum Beispiel hatte sie ein Erlebnis mit einem gewissen Andreas, der ein gutes Stück jünger war als sie, ein sehr potentes Kerlchen und Jungunternehmer. Er gab damit an, was er doch für ein toller und leidenschaftlicher Liebhaber sei. Das Foto war ausnahmsweise echt, aktuell, und auch sonst klappte die Kommunikation wunderbar, schriftlich wie telefonisch. Er schrieb, er sei in München und wünschte sich nichts sehnlicher, als mit ihr zusammen schöne Stunden zu erleben. Sie rief ihn daraufhin an und nannte ihm die Ankunftszeit ihres Zuges. Das Jüngelchen schien etwas überrascht, witterte dann aber die Chance auf ein Abenteuer mit einer erfahrenen Frau. Sie trafen sich tatsächlich in Bayerns Hauptstadt. Er ließ sich nicht lumpen. Im nobelsten Hotel am Platze ging es dann heiß zur Sache. Sie wollte einfach mal ein wenig Abwechslung in ihr Liebesleben bringen, ohne auch nur im Entferntesten an eine Beziehung zu denken. Aus rein egoistischen Gründen schenkte er ihr zum Abschied das Buch:

Was Männer wirklich wollen – oder so ähnlich. Carmen empfand es als Angriff auf ihre Liebeskünste. Dabei hatte das Jüngelchen Nachhilfe im Bett nötig!

Ihr erster Gedanke war: „Dem *Flachwichser* werde ich ein Ding mitgeben, das er sein Lebtag nicht vergisst!"

Sie verabredeten sich für den übernächsten Abend zum Essen, Carmen benötigte die Zeit für ihre Lektüre. Statt zu studieren, machte sie sich lieber einen schönen Tag mit ihrer Freundin Zenzi, einer lebenslustigen Münchnerin, bei der sie übernachtete. Hauptthema ihres Spaßes war natürlich dieser Andreas, der sich auf seinen vertrockneten Strohhalm sonst was einbildete.

Tränen lachend versuchte sich Carmen auf Bayerisch: „*Verhinderta Liabhobr, da si auf sein vertroggnetn Strohhoim sonstwas eibuidete.*"

Wenn sie an Andreas dachte, fielen ihr immer Zenzis Sprüche ein: „*So a Lackaff, aufgemotzt wie aus dem Modemagazin, aber ein Gesicht wie aus dem Zoo!*"

„Vom Aussehen her ist er vielleicht ein Sahneschnittchen, aber ansonsten ein Vollpfosten", dachte ich vor mich hin.

Immerhin führte er sie aus, in das Nobelrestaurant *Zum Franziskaner*. Das Essen war vorzüglich, die Preise hochklassig und der Wein alt. Sie musste immer wieder grinsen, wenn sie an die bevorstehende Nacht dachte. Er deutete es als Zustimmung und war überglücklich, ihr eine Freude bereiten zu können. Noch glücklicher sollte sie ihn dann auf dem Hotelzimmer machen. Nach einigen

Gläschen Champagner ließen sie ihre Hüllen fallen und fielen übereinander her.

„Na zeig mal, was du gelernt hast!", flüsterte er ihr ins Ohr.

Sie begann, ihn heiß zu machen, ... dann stand sie auf und zog auf sehr erotische Weise ihre Sachen wieder an, während er winselte: „Was ist los Darling, mach doch weiter!"

„Nichts ist los", stöhnte sie, „ich geh dann mal weiterlesen, ich bin doch nur bis Seite elf gekommen."

Noch ehe er etwas erwidern konnte, schlug sie die Tür zu und entschwand, wobei ihr noch ihr Lieblingswort entschlüpfte: „*Flachwichser!*"

Auf meine Frage, ob sie danach noch etwas von ihm gehört habe, meinte sie: „Er war stinksauer, dabei hätte ich allen Grund gehabt. Schließlich habe ich schon zwei Ehen von insgesamt 35 Jahren hinter mir."

Ich bin mir sicher, bei Carmens gewaltiger sexueller Schwungmasse geht ganz schön die Post ab, wenn diese erst mal in Bewegung kommt. Da muss sich manch junger Schnösel ganz schön warm anziehen.

Nach drei Stunden, gefühlten sechs, verließen wir das Schiff, wobei wir immer noch etwas unsicher auf den Beinen waren. Gerti ärgerte sich, dass sie den Segeltrip verschlafen und so von Carmens atemberaubenden Interneterlebnissen nichts mitbekommen hatte. Wieder im Bus sitzend entschädigte ich sie mit einem bayerischen Witz von ihr:

Sohn: Du Papa, wie schreibt man *Sex* – mit x oder mit ks?

Papa: mit x.

Sohn: Du Papa, wie schreibt man *Sperma* – mit b oder mit p?

Papa: mit p.

Sohn: Du Papa, wie schreibt man *Vorhaut* – mit t oder mit d?

Papa: Ja sapperlot noch mal, was schreibst denn du da für ein Zeug mit sieben Jahren in der 2. Klasse?

Sohn: Unser Lehrer hat gesagt, wir sollen als Hausaufgabe einen Aufsatz schreiben über unseren Hund.

Papa: So und nun lies doch mal vor!

Sohn: „Unser Hund ist *sex* Jahre alt und wenn wir mit ihm fortfahren, *sperma* ihn hinten rein, damit es ihn beim Bremsen nicht *vorhaut*."

„Das Leben meistert man entweder lächelnd
oder überhaupt nicht."

Chinesisches Sprichwort

Mann mit Hundeblick

Apropos Hund, ich mit meiner Hundephobie kann da kaum mitreden. Schon allein in seiner Nähe, juckt es mir in der Nase. Seit ich auf dem *Alex* ins *Bein gebissen wurde,* ist es noch schlimmer geworden. Obwohl die Hundebesitzerin mir versicherte, das Tier sei geimpft, musste ich mir in der Notaufnahme eine Spritze geben lassen.

Dafür ist es Lenas Thema, die total auf den Beagle ihres Nachbarn abfährt und sich am liebsten selbst einen kaufen würde. Nein ... nicht einen Nachbarn, sondern den Hund, der im Gegensatz zu seinem Herrchen noch taufrisch ist, lebhaft und humorvoll.

„Humor musst du haben, willst du mit einem Beagle zusammenleben. Der kleine Kerl ist immer für eine Überraschung gut. Neulich hat er meine Couch zerpflückt und mich dann mit treuem Dackelblick angeschaut. Ich konnte ihm nicht mal böse sein", plauderte er am Gartenzaun stehend, die Heckenschere in der Hand haltend.

„Der Racker hält dich ganz schön auf Trab", dachte sie, „du schaffst es niemals, ihm klarzumachen, dass du der Rudelführer bist!" Dies ihm so auf den Kopf zusagen, das wollte sie im Interesse einer guten Nachbarschaft dann doch nicht. Ein Hund nebenan ist nicht das Schlechteste, gibt etwas Sicherheit, vor allem in Hinblick auf ihre Keramikwerkstatt.

Ihr Nachbar, seines Zeichens Unternehmensberater, jetzt Frührentner hat sich längst abgeschminkt, Blicke auf sie und ihre Töpferei zu werfen. Dafür weiß sie zu gut Bescheid über seine Mannesqualitäten, wofür seine Ex gesorgt hatte. Er sei ein Waschlappen und der absolute Loser, bekäme nichts auf die Reihe und bräuchte immer jemanden, der ihm den Marsch blase. So krass sah es Lena nicht.

Beim Marschblasen hatte ihn seine Frau sogar die Treppe heruntergestoßen, zwar nur drei Stufen, aber er trug etliche Blessuren davon. Lena hatte vom Fenster ihrer Werkstatt aus miterlebt, wie der Rettungswagen ihn abtransportierte und seine Ex sich in der Wohnung an seinen Sachen austobte. Dieser Vorgang wurde in der Presse breitgetreten, so dass seine Frau es vorzog, mit dem gemeinsamen Sparbuch und Auto zu verschwinden. Unter vorgehaltener Hand offenbarte er Lena neulich am Gartenzaun, dass seine Ex in der Nacht dagewesen sei und seine Brieftasche geklaut hätte. Mal war es die Brieftasche, ein anderes Mal der Versicherungshefter, neulich erst verschwanden die Hundepapiere. Mit ihrer sozialen Ader hat Lena beste Aussichten, zu seinem seelischen Mülleimer zu werden. Deshalb hält sie sich so gut es geht vom Gartenzaun fern und tut sehr geschäftig.

Ich machte mich auch schon lustig über ihn, da bereits sein Name, *Waldemar Feuchtenbeiner*, alles über seine Persönlichkeit aussagt. Nun, da er den Beagle hat, meide ich aus Sicherheitsgründen die Nähe zum Nachbargrundstück.

Wenn ich bei Lena bin, ich dekoriere regelmäßig ihre großen Keramiktöpfe mit Blumen oder frischem Grün, suchen wir uns eine ruhige Ecke für unsere Lästereien. Herr *Feuchtenbeiner* ist nämlich seit neustem Mitglied einer Damen-Bowling-Mannschaft und wird jeden Donnerstag von einer gewissen Angelika abgeholt, der er nun die Ohren volljammern kann. Er bekommt sogar zusätzliche Übungsstunden, denn seine Mannschaft soll doch nicht schlecht dastehen. Leider sind alle seine Bowlinghühner in festen Händen.

Diesmal hatten wir wohl die Rechnung ohne Herrn Waldemar F. gemacht. Als wir gerade derb über ihn ablästerten, stand er plötzlich mit dem Beagle vor uns, um zu fragen, ob wir einen Moment aufpassen könnten, da er eine Verabredung hätte. Ohne an meine Hundephobie zu denken, war Lena sogleich Feuer und Flamme und machte sich sofort daran, dem lustigen Kerlchen klare Grenzen zu setzen, denn sonst wäre wohl so manche ihrer Keramiken in die Brüche gegangen. Ich machte mich schnell aus dem Staub auf dem alten Fahrrad, das ich eigentlich dekorieren sollte, begleitet von Hundegebell. Dazu schnappte der Beagle nach meinem Fuß oder der Pedale ... bis Lena ihm zeigte, wer der Rudelführer ist.

Abends rief sie mich an, und schwatzte auf mich ein, wollte unbedingt Herrn *Feuchtenbeiners* geheimstes Geheimnis loswerden: „Stell dir vor, der hat sich mit 'ner Internettussi getroffen, war aber nichts!"

„Was, der auch im Internet? Hoffentlich will er nichts von uns", meinte ich, „sind doch schon genug Pappnasen im Portal."

„Keine Gefahr", beruhigte sie mich, „der hat sich bei *Singles mit Niveau* angemeldet, als Unternehmensberater hat er ja genug Knete."

„Mich interessiert schon, was da so abgeht, wegen deinem Buch natürlich."

Er hatte ihr alles haarklein erzählt; Lena opferte sogar eine Flasche Wein, um seine Zunge zu lockern. Und siehe da, er wuchs sogar um einen halben Meter. Eine gute Stunde hätte er gebraucht, um die Psychofragen zu beantworten, den Bezahlvorgang eingeschlossen, ziemlich happig. Sogleich bot man ihm eine Galerie von Kontakt suchenden Frauen an, schön sortiert nach Matchingpunkten. Die zehn mit der höchsten Punktzahl schrieb er an für ganze drei Antworten, wobei zwei Damen zunächst nicht richtig hingeschaut oder seine Beschreibung überlesen hätten.

„Anscheinend bin ich schwer vermittelbar", bemerkte er, „mit fünf Worten sollte ich mein Äußeres beschreiben. Wollte ja einigermaßen bei der Wahrheit bleiben, machte mich nur drei Jahre jünger, bezeichnete mich als groß, kräftig, mehr Waschbär- als Waschbrettbauch, intelligent und kurzsichtig. Hätte ich schummeln sollen?"

Lena, die in ihrem Profil ja auch ein wenig dick aufgetragen hatte, schaute etwas verdattert.

„Ihr Mädels steht da sicher mehr auf Waschbrettbauch", fuhr er fort, „'nen Kerl wollt ihr haben, aber der *perfekte Tag* ist für euch, wenn's im Job flutscht und ihr am Abend zu Hause in die Wanne steigen könnt. Perfekt, so ganz ohne Mann!" Dann ließ er sich über die visuelle Präsentation der Mädels aus: „Wenn ihr euch nicht mit dem halben Wohnzimmer konterfeien lasst, dann wird schnell mit dem Handy ein Selfie geschossen mit einem beknackten Blitz auf der Nase. Ihr ähnelt dann mehr oder weniger einem verschreckten Opossum. Ich will aber nicht im Zoo nach dem Traumweib suchen."

Sie hatte *Feuchtenbeiner* immer für einen verknöcherten alten Zausel gehalten, aber eine gewisse Kommunikationsfähigkeit konnte sie ihm nicht absprechen. Zum Rudelführer taugte er jedoch nicht.

Beagle-Baby hatte inzwischen meine Blumendekorationen auseinandergenommen. Herrchens Reaktion auf das Chaos: „Baby, so etwas sollst du doch nicht machen, komm her mein Schatz!" Nahm den Wildfang in den Arm, Küsschen hier und Küsschen da ...

„Labertasche und Weichei, mit so einem Typen würde bei mir niemals etwas laufen, schon gar nicht *Richtung Südpol*", versuchte Lena mir weiszumachen. So am Telefon konnte ich leider nicht feststellen, wie ernst es ihr damit war.

„Das Leben ist ein wertvolles Geschenk,
nutze die Zeit und verschwende sie nicht,
keine Sekunde ist wiederholbar,
achte auf deine Gedanken und Worte,
lerne so viel du kannst und verbringe auch Zeit allein,
liebe mit dem Herzen und vergib denen,
die dich kränkten".

Buddhistische Weisheit

Tina Levin

Blöde Weihnachtsgans!

Du meine Güte, wie schnell das Jahr verflogen ist! Eben war noch Frühling, und wir Weiber saßen im Biergarten unter einem Fliederbusch und tauschten wieder Interneterlebnisse aus. Ich sah den Schmetterlingen zu, die ihre Tänze vollführten. Plötzlich fuhr eine Hochzeitsgesellschaft mit mehreren geschmückten Autos vor. Ein wenig wehleidig sahen wir hinüber. Wir alle schwirrten noch immer als Singles durch die Partnerbörsen. Ach nein, ich hatte mich ja abgemeldet, weil ich nicht mehr allein bin und nicht festhalte und weitersuche.

Apropos *schwirren,* das Brautpaar pflegte einen traditionellen hawaiianischen Brauch, den nur Moni kannte. Dabei hielten die beiden je eine Box mit Schmetterlingen, denen sie ihren Wunsch zuflüsterten. Danach wurden sie freigelassen und nahmen den Wunsch mit auf ihren Flug. Moni versicherte uns, dass es für diesen Zweck speziell gezüchtete Schmetterlinge gäbe, die man sich im Internet bestellen könne. Wir konnten uns gut vorstellen, dass dies nicht gerade billig ist. Jedenfalls sah es so schön aus, dass ich es auch für mich wünschte.

Wünschen ist das Stichwort. Es geht auf Heiligabend zu, und ich habe noch keine Geschenke, nur seltsame Gedanken. Zwei Jahre sind vergangen seit dem Weihnachtsstreit mit Mecker-Ede. Ich bin froh, dass ich die *Flitzpiepe* los bin. Die Ente liegt mir noch heute schwer im Magen, wenn ich daran zurückdenke. Der olle *Krümelkacka* meckerte über alles und jeden bis mein Kessel überkochte und ich mich von ihm trennte. Diesmal gibt es keine Weihnachtsgans und keine Ente! Wozu auch? Ich bin ja wieder mal allein, weil mein *Kugelfisch* bei Nochfrau und Kindern ist.

Weshalb habe ich eigentlich Monis Einladung zu ihrer Party ausgeschlagen? Sie hatte sich nämlich ein paar Leute aus dem Internetportal eingeladen, Männer und Frauen, die sonst auch allein wären. Moni ist noch immer bei *Floppi* und im Gegensatz zu mir an keinem kleben geblieben, weil sie grundsätzlich nichts mit getrennt lebenden verheirateten Kerlen anfängt. Gut, dass ich noch kein Bildtelefon habe, so musste ich ihr Gesicht nicht sehen.

Sie klang aber äußerst aufgekratzt: „Dann sitz doch Heiligabend wieder alleine da, während dein Kugelfisch brav in Familie macht! Schließlich will er ja seiner Nochfrau nicht das Feld überlassen. Er möchte eben noch dazugehören, schon wegen der Kinder und Enkel!" Ich konnte sie gar nicht bremsen. „Überhaupt bekommst du nach Abzug all seiner familiären Verpflichtungen nur den kärglichen Rest an Zuwendung, der noch übrig ist!"

Ich verstand schon, was sie meinte und reagierte ziemlich gnatzig: „Du bist ja auch nicht gerade glücklich, so alleine, lädst dir sogar wildfremde Leute in deine Wohnung ein! Zu einer Kennenlernparty, ha, ha … ! Du hast die Arbeit und gehst vielleicht dabei leer aus!"

„*No risk no fun*", erwiderte sie, „ich hab mir schon die Männer eingeladen, die mich interessieren. Außerdem kommen sowieso nur diejenigen, die wirklich alleinstehend sind. Am Weihnachtsabend lassen sie die Hosen runter."

Ich war natürlich wieder neugierig: „Auch den 33-Jährigen von neulich, du weißt schon, das Jüngelchen mit den Sexpartnerinnen von 59-70, das mit dir unter der Dusche ... ? Ach ja, immerhin hatte er dir vorher seine aktuellen Testergebnisse vorgelegt."

Moni war ziemlich aufgebracht: „Du mit dem Kugelfisch musst das grad sagen, bei euch klappt's doch nicht mal unter Wasser!"

Der schönste Weihnachtsstreit war vom Zaun gebrochen, genau das, was ich nicht wollte. Ich knallte den Hörer auf. „Blöde Weihnachtsgans!", ich wusste in jenem Moment nicht mal, wen ich meinte, sie oder mich.

Am zweiten Weihnachtsfeiertag, während ich erwartungsvoll auf meinen Kugelfisch mit dem gedünsteten Lachs wartete, rief ich Moni an, um ihr noch ein frohes Rest-Weihnachten zu wünschen und den Streit beizulegen. Natürlich war ich auch neugierig, wollte erfahren, wie die Kennenlern-Party lief.

Sie war mir auch nicht mehr böse und froh, dass sie über das bizarre Erlebnis reden konnte: „Gekommen sind alle, die ich eingeladen hatte, bis auf Peter, der kam später ... als Weihnachtsmann, in einem heruntergekommenen braunen Pelzmantel und einer verlausten roten Mütze."

Ich musste mich erst mal schütteln, obwohl ich gar nicht dabei war, konnte es mir aber bildlich vorstellen.

„Seine Rute hatte er natürlich dabei. Und nachdem jeder brav sein Weihnachtsgedicht aufgesagt hatte, gab es auch die Geschenke, ein mit viel Papier eingepacktes und umschleiftes Kondom. Bei uns Frauen hat das ein seltsames Gefühl ausgelöst, vom Zeigen eines Vogels bis hin zum Kopfschütteln war alles dabei. Somit wusste jeder, wie er gestrickt war. Da er aus beruflichen Gründen kein Foto ins Portal stellen wollte, war der Überraschungseffekt umso größer, als der Weihnachtsmann zum schwabbelbäuchigen Opa mit Mittelglatze mutierte."

Dabei hatte Moni gerade in ihn große Hoffnungen gesetzt, denn im Mailverkehr kam er durchaus als Normalo rüber, weltgewandt, kommunikativ, vielseitig, der Herr Oberlehrer.

„Nun sehe ich sein Interesse für Fremdsprachen und Reisen in einem anderen Licht", fuhr Moni fort. „Sein *Reisen bildet* heißt wohl im Klartext, weltweit herumbumsen. Unter den anwesenden Herren fand er schnell interessierte Zuhörer für seine sexistisch gefärbten Vergleiche."

„Vielleicht ist das alles nur heiße Luft?", warf ich ein.

Moni wehrte ab: „Der hat noch ganz andere Korken knallen lassen … Um Grüppchenbildung zu vermeiden, servierte ich erst mal einen weiteren Drink, denn die Herren der Schöpfung hatten sich ohnehin schon mit ihrem Thema in die Fernsehecke zurückgezogen, und die Frauen saßen am Tisch und zogen über die Männer her. Dazu gab es Annes Schnittchen. Alkohol war ja genug da, denn fast jeder brachte eine Flasche mit."

„Wolltet ihr nicht Räuber-Julklapp machen?", fragte ich vorsichtig.

„Wollten wir, deshalb nutzte ich die Gelegenheit, das Spiel ins Gespräch zu bringen, als alle wieder um den Tisch saßen. Jeder hatte drei lustige Geschenke dabei, aber das kennst du ja. Als der Herr Oberlehrer, der gar nicht Peter, sondern Hermann heißt, vorschlug, bei einer gewürfelten Sechs ein Kleidungsstück abzulegen, war uns Frauen die Lust am Spiel vergangen, während Bernd und Klaus applaudierten.

Der vierte der Herren, der laut *Floppi* eigentlich Nichtraucher war, ging erst einmal auf den Balkon, um eine zu rauchen. Er war der ruhigste Vertreter der Vierer-Herrenrunde und gerade erst von seiner Frau verlassen worden."

„Sie wird schon ihre Gründe haben", stellte ich fest.

„Ute, die sich in einer ähnlichen Situation befand, tat er so leid, dass sie sich ebenfalls mit einer Zigarette auf den Balkon verzog. Als sie wieder zurückkehrten, machten wir das Spiel, ohne auf Hermanns blöden Vorschlag einzugehen, dafür mit viel Alkohol. Du weißt ja, ich vertrage nichts", merkte Moni an, „Hermann war eingeschnappt und begann in der Küche das Geschirr zu spülen."

Moni hasst Unordnung wie die Pest. Ich sage immer, sie sei mit dem Putzeimerchen in der Hand auf die Welt gekommen.

„Du hast ihn doch bestimmt aus der Küche ver-
scheucht?", vermutete ich.

„Na, was glaubst du denn?", bestätigte sie. „Dann hat
er nur noch rumgemotzt und Heike und Reni angebag-
gert, nicht nur mit Worten. Der vermeintliche Nichtraucher und Ute sind nach dem Kartoffelsalat mit Würstchen
und einer weiteren Runde Rotwein gegangen. Bernd und
Klaus sicherten sich die letzte Weinflasche, glotzten in die
Röhre, und ich begann, aufzuräumen."

Moni hatte sich so festgequatscht, sie zu unterbrechen
war einfach nicht drin: „Dann stand Klaus plötzlich in der
Küche und hat mich angemacht, wollte mich alleine treffen."

Ich konnte mir einen meiner Lieblingssprüche wieder
mal nicht verkneifen: „Männer sind halt vom Bau, es
dreht sich alles nur ums Baggern, Rohre verlegen und
Zuschütten."

Wir konnten uns leider nicht länger unterhalten, denn
an meiner Tür klingelte es. Mein Kugelfisch mit seinen
vielen persönlichen Problemen war gekommen. Es gab
keine Weihnachtsgans, sondern Fisch und selbstgemachte
Probleme.

„Sage mir, worüber du lachst,
und ich sage dir,
ob ich dein Freund sein kann."

Chinesische Weishei

Silvesterknaller

Das Jahr ging zur Neige, Silvester stand vor der Tür. Für mich waren die Aussichten diesmal recht trübe. Anke hatte Besuch von ihrem Ex und außerdem eine Katze, die sie nicht alleine lassen wollte wegen der Knallerei. Peter, mit dem ich noch immer befreundet bin, sage da einer, es gäbe keine Freundschaft zwischen Mann und Frau, tummelte sich irgendwo im Süden im Meer. Mein *Kugelfisch* wollte auch nicht zum Silvesterknaller werden, zog sich in sein Versteck zurück. Angeblich war Silvester nicht sein Tag, wollte zeitig ins Bett. Wer es glaubt, wird selig. Vielleicht hatte er seinen Melancholischen, vielleicht auch Angst, oder …? Als ich ihn gegen 21 Uhr anrief, hob er jedenfalls nicht ab. Wer weiß, wohin er abgehoben war?

Eigentlich hätte ich Moni fragen können, was sie vorhat. Aber wohin mit dem schlechten Gewissen, weil ich sie doch mit ihrem Frust über die missratene Kennenlernparty alleingelassen hatte? Egal, ich rief sie nach den Feiertagen an, um ihr einen guten Rutsch zu wünschen. Sie war wieder in ihrem Element, berichtete über ihre neusten Erfolge bei *Floppi*.

Gerade hatte sie einen tollen Fisch an der Angel: „Endlich mal jemand, der weder Weichei noch Draufgänger ist! So etwas findet man in kostenlosen Partnerbörsen nicht oft. Die meisten Kerle sind doch *Miesmuscheln* oder fallen gleich mit der Tür ins Haus, Hansi ist da ganz anders", schwärmte sie.

Da musste ich ihr Recht geben, denn als ich noch recherchierte und kennenlernte, schrieb mir mal ein Typ folgenden einfallsreichen Satz: „Mit der Tür ins Haus zu fallen mag die erfolglose Taktik der Hirnlosen sein, als Hirnträger falle ich im gegebenen Falle zur gegebenen Zeit."

Zu gerne hätte ich gewusst, was dieser Hansi für ein tolles Exemplar ist. Weshalb hatte ich Moni eigentlich nie gefragt, auf was für einen Typ Mann sie steht? Zuzutrauen wäre ihr so eine Art Wikinger, blond mit breiten Schultern und grimmigem Gesicht. Über Hansi war nichts herauszukriegen. Dafür war alles noch zu frisch.

Moni schwenkte um auf ein anderes Thema: „Ganz nebenbei bemerkt, gestern hat mich Lena angerufen und gemeint, falls ich Silvester nichts Besseres zu tun hätte, dann sollte ich doch zu einer Weiberrunde in ihre Keramikwerkstatt kommen, gemeinsam ablästern über Internet-Bekanntschaften mit Polterabend um Mitternacht."

Ich hatte schon gehört, dass Lena auf Mosaike umsteigt und dazu ihre Ladenhüter zerdeppern will. Das stellte ich mir gerade an Silvester ganz lustig vor. „Ist ja 'ne abgefahrene Idee!", entfuhr es mir, „da wäre ich gern dabei!"

„Wie, was?", fragte sie, „Bist du nicht anderweitig beschäftigt?", und nach einer Weile: „Wenn nicht, dann schau in Deine Mails!"

Natürlich wusste ich, was sie sich verkniff zu sagen: „Kufi hat doch bestimmt wieder familiäre Verpflichtungen."

Obwohl sie es nicht aussprach, war ich ganz schön pikiert und las Lenas Mail: „Ich glaube ich bin internetgeschädigt und brauche eure Hilfe. Kommt Sivester zu mir in die Töpferwerkstatt zum Ablästern über die Kerle. Für Sprengstoff ist gesorgt, für Essen noch nicht."

Beim Lesen, musste ich schmunzeln, denn mir geht es nicht anders als Lena. Lange genug habe ich mich ja bei *Floppi* herumgetrieben. Als wir uns endlich Silvester trafen, wir waren fünf Mädels, hatten etwas Leckeres dabei und stellten fest, dass wir alle nicht nur männergeschädigt sind, sondern ebenso ticken wie Lena, Frauen halt. Bevor wir anfingen abzulästern, ach nein, zu erörtern, köpften wir erst einmal zwei Flaschen Rotwein. Moni sah schick aus, was wohl an Hansi lag. Schwarze Leggins, weißen Longpullover, hochhackige Stiefel bis zum Knie, einen knallbunten Schal lässig um den Hals geworfen.

„Du siehst aus wie eine *Shopping Queen*", bemerkte Bea, die ebenfalls ein Upgrade, was Kleidung und Kosmetik betrifft, gemacht hat. Bea ist absoluter Fan von *Guido Maria Kretschmer* und seiner Sendung *Shopping Queen*. Sie liebt seine ironisch witzige Art und kleinen Lästereien, die einfach keiner übel nehmen kann, weil er dabei nie fies wird.

„Sogar wenn er nicht so tolle Sachen sagt, man kann ihm einfach nicht böse sein", säuselte Bea und fand die Zustimmung von uns allen.

Moni steht mehr auf die Klamotten von ihrem persönlichen Lieblingsdesigner, da er auch für die molligen Damen alltagstaugliche Sachen kreiert.

Plötzlich entstand ein Streit über Modegeschmäcker und wie ein Designer rüberkommt, ob man sich etwas im Fernsehen bestellen soll oder nicht, ... und ... und ... und. Nebenbei wurde viel gegessen und noch mehr getrunken.

„Na und", stellte Tina-Marie fest, „ich bin auch blond, aber irgendwie muss es ja weitergehen! Und außerdem, wenn man sich Männer übers Internet bestellen kann, warum nicht ‚'ne Hose? Du kaufst dabei nicht mal die Katze im Sack. Gefällt sie dir nicht, dann kannst du sie ganz unkompliziert zurückschicken! Mach das mal mit 'nem Kerl, den hast du womöglich ewig am Halse!" Tina-Marie, die drei Jahre bei *Floppi* war, weil alles gratis ist, war mit ihrer Rede noch nicht am Ende: „Was kann schon passieren, außer dass du dich ernsthaft verliebst und enttäuscht wirst? Dann hattest du vielleicht eine schöne Zeit oder negative Erfahrungen gesammelt!"

Was an Nachrichten zum Teil auflief, war oft unter der Gürtellinie. Na klar, gab es auch Anfragen zum schnellen Sex, sogar mal eine Drohung, ihren Computer zu infizieren, wenn sie keine Nacktfotos sendet.

„Was ist denn eigentlich aus der *Weißen Maus* geworden?", wollte Moni wissen.

Tina-Marie antwortete mit einem Polizistenwitz, weil diese ja alle wahr sind: „Ein LKW-Fahrer fährt über die Landstraße, als er plötzlich ein kleines lila Männchen am

Straßenrand stehen sieht. Er hält an und fragt: Na, was bist du denn für einer? Das lila Männchen antwortet: Ich komme vom Mars und habe Hunger! Der LKW-Fahrer gibt dem lila Männchen ein Brötchen und fährt weiter. Einige Zeit später sieht er ein kleines gelbes Männchen. Er hält wieder an und fragt: Na, was bist du denn jetzt für einer? Das kleine gelbe Männchen sagt: Ich komme von der Venus und habe Durst! Der LKW-Fahrer gibt dem gelben Männchen eine Flasche Wasser und fährt weiter. Schließlich sieht er ein kleines grünes Männchen am Straßenrand stehen. Er hält wieder an und sagt: Na, du kleines grünes Männchen, von welchem Planeten kommst du, und was kann ich dir denn geben? Sagt das grüne Männchen: Führerschein und Fahrzeugpapiere, bitte!"

Apropos Führerschein; Anke hatte inzwischen selber Motorradfahren gelernt und eine eigene Maschine. Unsere *Bikerbraut* hat sich ganz schön gemausert. Das schwarze Leder mit pink steht ihr super. Sie ist jetzt bei den *Bikerladys für eine gesunde Umwelt* und schaut sich in der Singlebörse für Biker um. Anke drückte sich sehr vorsichtig aus, was ihre neuste Errungenschaft betrifft: „Ich bin halt neugierig geworden, mal schauen, was daraus wird."

Bea sucht ja noch immer das Besondere und erhält oft Anfragen von Scammern, die sie aber sofort löscht. Das Erlebnis mit dem vermeintlichen Schweden hat ihr gereicht. Ihr Sohn hat das Scammerfoto zur Analyse auf seinem Computer hochgeladen und es mit mehreren Facebook - Profilen gefunden. So gewieft war sie damals leider nicht.

„Wie war es denn eigentlich im *LotusCafe*, der Single-börse für Spirituelle?", löcherte ich sie.

„Die Leute dort sind eigentlich ganz nett, aber auch speziell, eben spirituell und nur wenige in unserem Alter. Kennengelernt habe ich einen Berliner. Er nennt sich *Sterngucker* und möchte mit Gleichgesinnten eine Le-bensgemeinschaft auf dem Lande aufmachen, an einem See, in einem großen Haus, Bauernhof oder Gutshaus und irgendwann unabhängig von Supermarkt und Energie-konzern leben."

„Hört sich doch gut an!", rief ich Bea zu. „Und wo ist der Haken?" Seit *Floppi* wittere ich nämlich überall Haken und Ösen.

„Er meint, die Zeiten des Alleinlebens seien lange vor-bei und wünscht sich einen offeneren Umgang miteinan-der", war die Antwort.

„Da treibt es wohl jeder mit jedem?", warf Lena ein.

„Das war auch meine erste Reaktion", bestätigte Bea, „setzt aber Wissen und Akzeptanz jedes Beteiligten vo-raus. Er ist geschieden, seitdem er das erfahren hat. Jede Frau spricht eine andere Seite in ihm an, er nennt es Le-bensfülle."

„Hallo, wie abgefahren ist denn das? Das ist doch ab-solut nicht dein Ding!", entgegnete Lena.

„Da gehe ich lieber ab und zu im Kesselhaus tanzen", sagte Bea lächelnd.

Moni konnte kaum noch an sich halten: „Es gibt doch immer noch Idioten, die nur mit ihrer Nudel denken!

Sind die ganze Zeit am Gärtnern, kümmern sich nur um ihr Möhrchen, die beiden Kartoffeln und warten darauf, dass ein Schneckchen vorbeikommt."

Ihre Story von Max der Nacktputze wollten wir uns ersparen, denn es war inzwischen 5 vor 12, und wir waren in der richtigen Stimmung, um Lenas Keramiken zu zerdeppern und ihren Lieblingsnachbarn, Herrn *Feuchtenbeiner*, zu erschrecken.

Das war viel lustiger als die Knallerei auf der Straße. Die Staubwolke, die wir verursachten, hatte sich schnell verzogen und wir liefen hinaus ins Freie und sahen in den tiefdunklen Himmel, von dem ein Sternenregen fiel. Es war ein *Skyfall*, wie ihn Lena erlebt hatte.

Ich sah ihr an, dass sie in jenem Moment an Rolf dachte. So unerreichbar und doch so nah, denn nahe sind sie sich inzwischen, wie sie mir erzählte, schon längst gekommen und das nicht nur einmal. Herzschmerz, und das mit 60 … ? Sie konnte es kaum glauben, dass sie laut Ultraschalluntersuchung kein kardiologisches Problem hatte. Schließlich glichen ihre Symptome sogar denen eines Herzinfarkts, mit Brustschmerzen, Herzrhythmusstörungen und Beklemmungen.

Autsch, *Broken-Heart-Syndrom* übers Internet, das tut doch weh!

Fridas Online-Tagebuch

Eines Tages landete in meinem *Floppi*-Postkasten eine Nachricht von Frida, die sich *ladybird* nannte. Zunächst glaubte ich an einen Irrtum ihrerseits, da sie wie ich eine Frau ist. Bei *Frida* dachte ich an einen Film über *Frida Kahlo de Rivera*, eine mexikanische Malerin. Ich mag ihre volkstümliche surrealistische Art.

Das machte mich neugierig. Frida aus Hamburg, gerade mal 45, zwei erwachsene Töchter, die sie nach ihrer Scheidung allein aufzog, schlug sich mit allerlei Jobs durch, im Handel, in der Kosmetikbranche und schließlich als Erzieherin. Nun will sie sich als Spanischlehrerin selbständig machen. Ihren Kindern ermöglichte sie eine gute Schulbildung. Die Älteste studiert und die Kleine bereitet sich auf das Abitur vor.

„Eine interessante Frau", sagte ich mir, und wollte unbedingt mehr über sie erfahren.

Sie schrieb mir, dass sie in Mexiko geboren sei und ihre Mutter sie nach eben dieser *Frida Kahlo* genannt hätte, da sie die Künstlerin verehrte. Genau solch eine Kämpferin sollte sie werden. Ihr gefiel mein Profil, und sie wollte von mir eine ehrliche Meinung zu *Floppi*. Wir waren uns schnell einig, es lohne sich nicht, das Ganze zu ernst zu nehmen.

Als sie von meinem Buchprojekt über Frauen in Singlebörsen erfuhr, stellte sie mir ihr Online-Tagebuch zur Verfügung: „Mach damit, was du willst!"

Ich wusste sofort etwas damit anzufangen, stellte es doch die Quintessenz aus allem dar, was ich selbst und meine Freundinnen bei der Partnersuche im Internet erleben durften.

18. April 2012: Habe alle meine Zweifel beiseitegeschoben und mich bei einer Partnerbörse angemeldet. *Floppi* gefiel mir, weil sie vollkommen kostenlos ist, und ich hatte den Vorteil, dass ich keine ellenlangen Fragebögen ausfüllen musste.

Warum ich das gemacht habe? – Meine letzte Beziehung ist zweieinhalb Jahre her, seitdem lernte ich Männer nur als Arbeitskollegen kennen. Zweimal war ich mit einem im Konzert. Das war amüsant und nett, hat aber zu nichts geführt. Außerdem hasse ich Abwarten, Warten auf einen Anruf, auf eine SMS, darauf, dass mich einer in der Bahn, im Bus oder im Supermarkt anspricht. Langsam habe ich das Gefühl, suchende Männer verkriechen sich im Netz. Ein Mausklick, und die Frauen werden auf einem goldenen Tablett serviert, einem *Tablet*, das es zu einem Smartphone-Vertrag gratis dazu gab. Was ich suche, ist ein wenig Verlässlichkeit.

Selbst ist die Frau. Mach ma Butter bei die Fisch! Heute versuche ich mein Glück bei Floppi, Nickname: ladybird, geklaut aus dem gleichnamigen Film, macht neugierig und verrät einiges über meine Vergangenheit. Ein gutes Foto muss her, eines, auf dem ich natürlich und süß aussehe, aber nicht wie ein zartes Mauerblümchen herüberkomme. Nett lächeln, beim Alter nicht schummeln, hab ich nicht nötig, noch nicht!

24. April 2012: Mein Foto ist online, ich bekomme an die 20 Nachrichten. Mit der Rechtschreibung stehen die meisten Herren auf Kriegsfuß. Inhaltlich sind sie völlig nichtssagend: *Hallo Süße, wie geht es dir, wollen wir uns schreiben?* Oder: *Hast du Skype?*

28. April 2012: Habe ein paar Männer angeschrieben, natürlich solche mit Foto. Hat was von Internet-Shopping. Bei einem gefällt mir das Aussehen nicht – weg damit! Komischer Musikgeschmack – such lieber weiter! Raucher – kommt nicht in Frage! Vormittags, nachmittags und nachts online – sinnlos, bestimmt ein Computerfreak! Er hat ein Kind – ist mir zu heikel! Bin ich womöglich zu kritisch oder gar oberflächlich? Vielleicht habe ich den Passenden ja schon vorher aussortiert?

13. Juni 2012: *Ronny 48*! Seit einer Woche chatte ich mit dem durchaus sympathischen Ronny! Nächste Woche wollen wir uns in einem Eiscafè zum Klönschnack treffen. Er wohnt ja laut *Floppi* nur vier Kilometer von mir entfernt.

24. Juni 2012: Zu blöd, *Ronny 48* und ich haben uns noch immer nicht getroffen. Komisch, manchmal schreibt er mir tagelang nicht, obwohl sein grünes Licht leuchtet, er also online ist. Ich aktualisiere andauernd meinen Posteingang, doch es kommen nur Nachrichten von irgendwelchen gestörten Typen. Von ihm kommt nichts. Das tut ganz schön weh. Wieder mal umsonst Hoffnungen gemacht! Dafür hat meine Kleine ein prima Abi hingelegt und beginnt im Oktober ihr Studium, Finanzwirtschaft. Von wem sie das wohl hat? Ich habe es ja nicht so mit den Zahlen.

30. Juni 2012: *Ronny 48* habe ich endgültig abgehakt, existiert womöglich gar nicht real, oder er fährt mehrgleisig. Aber morgen treffe ich mich mit Stefan. Wir haben nächtelang telefoniert, habe mich in seine Stimme verliebt, und ich glaube, es passt. Wie soll ich nur auf ihn zugehen?

1. Juli 2012: Schock! Da schreibt man sich wochenlang supernette lange Nachrichten, quatscht sich alles Interessante und Uninteressante von der Seele ... Er hat leider nur ein Handy, Explosion meiner Telefonrechnung. Dann trifft man sich, und – Seifenblase geplatzt. Nach ein paar Sätzen wurde uns klar, dass mit uns beiden nichts laufen wird. Es war echt mühsam, ein Gespräch überhaupt in Gang zu bringen. Mir ging die Puste aus. Wir verabschiedeten uns wie zwei Kumpel.

23. Juli 2012: Ich habe mich mit einem Mario getroffen, Nickname: *Skateboard*. Nach dem ersten Drink rückte er mir viel zu nahe. Beim zweiten Bier legte er mir seine Hand aufs Knie. Ich flüchtete auf die Toilette und rückte danach auf die andere Seite. Wie auf dem stillen Örtchen verabredet, rief mich meine Freundin zurück, und ich musste sofort zu ihr, weil es ihr nicht gut ging. Er bestand noch auf getrennten Rechnungen, der Knaller! Den Sommer über hatte ich glücklicherweise anderes zu tun als im Internet herumzusuchen. War das erste Mal alleine im Urlaub, ebenso wie meine Töchter. Auf Malle hatte ich einen Urlaubsflirt, völlig belanglos!

Floppi-Pause bis Ende Oktober!

Hielt es doch nicht mehr aus. Deshalb als *Arielle-Meerjungfrau* mit neuem Profil, überarbeitetem Statement, klingt nach einer völlig anderen Person, und zwei hinreißenden Urlaubsschnappschüssen, wieder rein bei *Floppi*.

28. Oktober 2012: Online-Dating ist mehr etwas für die kalte Jahreszeit. Sentimentalität ist im Anmarsch, zu wenig Sonne, eine Erkältung eingefangen.

Ich hatte schon mein erstes Date in meinem neuen Account, mit einem gewissen *Waschbär00* aus Poppenbüttel, einsam, auf der Suche nach einem neuen Lebensinhalt. Chaotisch wie sein Nickname und Absichten, wie es sein Ortsname vorgibt. Ansonsten überwiegend Nachrichten von den üblichen Pappenheimern aus meiner Zeit als *ladybird*. Zum in die Tonne kloppen! Jetzt treffe ich mich mit Christian, der ist wenigstens humorvoll, hat einen Vertreterjob, sieht gut aus und ist 1,89.

16. Dezember 2012: Mit Christian, das geht schon eine ganze Weile. Wir treffen uns öfter, weil wir uns ganz einfach mögen und dieselbe Art Humor haben. Gefunkt hat es zwar nicht, aber ab und zu knutschen wir rum. Wir sind einfach gute Freunde. Besser so, als mir etwas vorzumachen! An der Netto-Kasse spricht mich eh keiner an.

18. Februar 2013: Vorgestern hatte ich ein gruseliges Dating- Erlebnis. Zwei Tage lang schrieb ich mich mit dem geheimnisvollen, aber netten *Segelturn*. Laut Statement sollte er 39/1,87, schlank, durchtrainiert und Single sein. Dass so etwas nicht unter der Haube ist, konnte ich mir partout nicht vorstellen. Aus reiner Neugier ging ich zu diesem Treffen. Was mich dort erwartete, war ein Mittfünfziger, etwa 1,73 groß mit Bauchansatz, den auch Jackett und Krawatte nicht kaschieren konnten. Von sportlich keine Spur, aber er fragte mich allen Ernstes, ob ich mit zu ihm nach Hause käme. Er konnte gar nicht so schnell gucken, wie ich weg war, um mich bei Christian auszuheulen.

Toll, ich habe endlich einen Arbeitsvertrag als Spanisch-Lehrerin in einer kaufmännischen Fachschule. Das hat mich zurechtgerückt und ich konzentriere mich voll auf meinen Job. Die Vorbereitungen dauern oft bis tief in die Nacht. Keine Zeit für *Floppi*. Stattdessen Kontakt zu jungen Leuten, die an meinen Lippen hängen, wenn ich von meiner Zeit in Mexiko erzähle. Ich komme sehr exotisch rüber.

27. Mai 2013: Zweieinhalb Wochen Mexiko haben mich wieder ins reale Leben zurückgeholt. Auffrischen meiner Spanischkenntnisse und Knüpfen von Kontakten mit der dortigen Handelsschule. Das war eine einmalige Chance für mich, nach Bacalar in Quintana Roo zu kommen, ohne mich finanziell zu übernehmen.

Die Stadt in der sogenannten Mexikanischen Karibik ist ein sehr berühmtes Maya-Dorf. Es liegt an der Lagune der Sieben Farben. Man sagt, das Wasser habe sieben verschiedene Blautöne, da es aus sieben verschiedenen Cenotes, Süßwasserhöhlen, kommt. Noch nie sah ich solch kristallklares Wasser, wo ich das Gefühl hatte, zig Meter in die Tiefe schauen zu können. Mir kam plötzlich die Idee, alles sei möglich, auch in der Liebe, ganz ohne Internet. Monatelang ließ mich *Floppi* völlig kalt bis zum ...

24. September 2013: Hatte mein Passwort vergessen und musste es anfordern. Glücklicherweise kam ich so in meinen *Floppi*-Account. Ich habe gefunden, was ich suchte, Henning, Nickname: *Soul.mate*. Nach vier Nächten Hin- und-her-Schreiben trafen wir uns, und es funkte sofort. Wir haben die ganze Nacht durchgequatscht bis er am anderen Morgen feststellte, wir sind Seelenpartner.

Schmetterlinge in meinem Bauch, kann weder schlafen noch essen. Vorgestern haben wir uns gemeinsam bei *Floppi* abgemeldet, und dann war alles wieder nur *heiße Luft.*

21. Dezember 2013: Weihnachtsblues, ich bin wieder angemeldet, diesmal als *suchdendeckel45*, nicht sehr einfallsreich. Das mit Henning lief acht Wochen gut, dann war es aus. Ihm ginge alles zu schnell, er sei noch nicht so weit wie ich. Das übliche Gelaber, bla, bla, bla ... Wollte mich noch mit ihm geistig duellieren, aber ich sah, er war unbewaffnet. Mit den Nerven bin ich völlig fertig und will wieder zurück ins Spiel. Schließlich muss ich mein Ego aufpolieren.

2. Januar 2014: Gemeldet haben sich natürlich wieder die üblichen Verdächtigen; *Skateboard, Ronny 48, Waschbär00* und *Segelturn.* Henning, wenn mich mein Gefühl nicht täuscht, war unter neuem Namen auch dabei, lässt nichts anbrennen.

18. Februar 2014: Ich glaube, ich bin jetzt offen für eine Affäre. Die besten Männer sind ohnehin verheiratet, *getrennt lebend* nennen sie sich im Netz. Außerdem will ich mir nicht noch einmal das Herz brechen lassen.

27. Februar 2014: Ist das nun Mut oder Übermut? Diesmal heißt er Achim und ist aus Blankenese. Seine Wohnung ist am Elbhang im Treppenviertel. Er lud mich zum gemeinsamen Kochen ein. Die Nachspeise haben wir im Bett vernascht. Vorher wurde klargestellt, dass wir uns nicht über persönliche Dinge unterhalten, sondern einfach schauen, ob die Chemie stimmt. Und wie die Chemie stimmte! Wow!

Wenn das Herz nicht betroffen ist, fällt es mir nicht schwer, zu sagen, was ich möchte. Ich kann dann nehmen und geben, ohne dass ich mich frage, was der andere denken könnte. Auf der einen Seite sehr schön, auf der anderen nicht gerade ungefährlich! Solange wir es beide ohne emotionale Verwirrung hinbekommen, soll es halt so sein.

25. Juli 2014: Wie ist das mit dem Widerspruch zwischen Theorie und Praxis? Ich verstehe mehr von Dialekt als von Dialektik. Achim versuchte, mir den Zusammenhang zu erklären. Vergeblich, für mich gab es nur eine Erklärung: Körperliche Anziehungskraft. Theoretisch war die Sache mit dem unkomplizierten Spaß mit Achim einmalig, aber praktisch will dann irgendwann einer mehr. Bloß gut, ich war es diesmal nicht, denn außer der Chemie und der Sympathie stimmte überhaupt nichts überein.

Nun bin ich zweieinhalb Jahre im Netz herumgeirrt. Vielleicht melde ich mich demnächst doch endgültig ab? Alles in allem war es eine aufregende Zeit. Ich habe interessante Menschen kennengelernt, gute Freunde gefunden, skurrile Geschichten erlebt, die im Nachhinein sogar lustig sind. Und nicht zuletzt durfte ich sogar spüren, wie sich das große Glück anfühlt.

Vielleicht fehlen ja nur noch zwei, drei oder vier Klicks
bis zum ganz großen Glück?
Oder fünf, sechs …

„Glück findest du nicht, indem du es suchst, sondern indem du zulässt, dass es dich findet."

Chinesische Weisheit

Versöhnlicher Abschluss

Liebe Leser(innen), wenn sie auch meinen, die Männer wären schlecht weggekommen, dann ist hier noch ein versöhnlicher Abschluss:

„O.k., was ist meine Strategie bei *Floppi*?", schreibt Leon, „natürlich schaue ich erst mal, die Partnerin sollte mir schon gefallen. Ohne Foto läuft bei mir nix. Der Profiltext und die Antworten auf die *100 Fragen* interessieren mich auch, denn eine annähernd gleiche Denkweise und gemeinsame Interessen finde ich wichtig. Trotzdem möchte ich kein Klammern und brauche genügend Platz für eigene Hobbys. Ich suche keine Frau auf Deibel komm raus und bin auch nicht notgeil.

Seit drei Monaten bin ich bei *Floppi* registriert und habe zehn Frauen wirklich nett, sogar ausführlich angeschrieben. Frauen wollen ja bekanntlich erobert werden. Es vergingen mehrere Tage, keine Reaktion. Gut, dachte ich, kann ja nicht auf Anhieb klappen. Ich machte mich aber vorsichtshalber fünf Zentimeter größer, passte auch besser zu meinem Gewicht, also 47, 1,85, 87 Kilo. Dachte gar nicht, dass Frauen so sehr auf Äußerlichkeiten stehen.

In der Hoffnung auf durchschlagenden Erfolg wurden die nächsten zehn Frauen angeschrieben. Nach sieben Tagen das gleiche Ergebnis, wieder nichts, obwohl die Damen jeden Tag online waren und meine Nachrichten als gelesen markiert wurden. Ich machte mir natürlich 'nen Kopp, woran es nun wieder liegen könnte. Vielleicht kommt mein Foto zu altbacken rüber, dabei habe ich nicht mal meinen Konfirmandenanzug an.

Also habe ich ein neues Foto hochgeladen, vorsichtshalber als Zweitbild, ein Handyfoto, Porträt mit Lichtreflex. Am Wochenende war es online. Ich hatte ja kein Date, also Zeit, um in die heiße Testphase zu gehen. Entsprechend der individuellen Besonderheiten der Auserwählten wandelte ich meinen Standardtext ab und schrieb weitere 60 Frauen an aus ganz Deutschland. Huch, war das eine Schinderei! Aber es hatte sich gelohnt, ich erhielt immerhin 12 Antworten. Welch eine Quote! Vier davon schrieben mir, dass sie kein Interesse hätten, drei fanden die Entfernung zu groß. Mit den anderen Damen schrieb ich mich ein paar Tage, dann flaute die Konversation ab und *abber*.

Dann, wie aus dem Nichts, kam die Zuschrift einer Dame; *Füchsin42,* ganz aus meiner Nähe, Entfernung 5 km. Ich kam richtig in Fahrt. Unsere Nachrichten gingen ein paar Tage hin und her. Sie war auch nur kurzzeitig online. Schließlich wollte ich Nägel mit Köpfen machen und schlug meinerseits ein Treffen vor. Doch sie wollte mich erst einmal per Chat richtig kennenlernen. Wer weiß, was für Erfahrungen sie schon gemacht hat? Wir schrieben ein paar Tage, ich hatte kein Problem damit. Lief alles super, bis ich wieder mit dem bösen Wort *Treffen* kam. Diesmal hatte sie angeblich zu viel um die Ohren. Womöglich andere Männer! Was einem da so durch den Kopf schießt!

Ich wollte die Tür nicht zuschlagen, schrieb ihr, dass sie sich melden soll, wenn sie Zeit hat. Nach zwei Wochen *still ruht der See* hatte ich endgültig die Nase voll, denn sie war jeden Tag online, aber für ein kurzes *Hallo* reichte es nicht. Ich redete Klartext, schrieb ihr eine böse, böse Nachricht, in der ich ihre reale Existenz anzweifelte und sie als Eintänzerin im Auftrag von *Floppi* bezeichnete.

Dann geschah das Wunder! Sie benutzte im Zusammenhang mit mir das böse Wort *Treffen*, fragte von sich aus, wann ich mal Zeit für sie hätte. Abgesehen davon, dass sie ein Uraltfoto ins Profil gestellt hatte, lief der persönliche Kontakt darauf hinaus, dass ich ihr viel zu nett sei, unabhängig von den Schummeleien, die sie auch bei mir bemerkt hätte.

Das war nicht weiter schlimm, denn inzwischen hatte mich ein anderes weibliches Wesen angemailt, *Seifenblase*. Ich hoffte sehr, dass sie nicht zerplatzt. Wir schrieben uns zwei Wochen lang jeden Tag, whatsappten und telefonierten. Alles fühlte sich toll an, das musste endlich was werden! Dann kam wieder das Reizwort *Treffen*. Offenbar haben viele Frauen dasselbe *Gen,* das *Ewig-hin-und-her-schreibe-Gen.*

O.k., ich hatte auch diesmal viel Geduld, denn sie war, wie sie mir sagte, von ihrem Ex ziemlich mies behandelt, belogen und betrogen worden. Falsches Thema, wenn man eine neue Beziehung aufbauen möchte. Dann kam das *Treffen.* Sie sah umwerfend aus, besser als auf dem Foto. Zwei Stunden haben wir miteinander geplaudert und uns in die Augen geschaut, zum Abschied umarmt und versprochen, uns bald wiederzusehen.

Dann war wieder mal für ein paar Tage Funkstille, sie war zwar jeden Tag auf *Floppi* online, aber eben nicht für mich. Wieder war ich es, der die Initiative ergriff, fragte, was los sei, denn seit dem Treffen ginge sie auf Abstand. Es kamen die üblichen Ausreden, dann rückte sie schließlich doch mit der Wahrheit heraus, ich sei nett, aber sie stünde eben mehr auf Arschlöcher wie ihren Ex. Freundschaft könne sie sich mit mir vorstellen, aber eine Beziehung halt nicht.

Brauchte etwas Zeit, um diese Klatsche zu verdauen. Nun frage ich mich, wie viele Arschtritte Frauen brauchen, bevor sie mitkriegen, wann sie den Richtigen gefunden haben. Auf einen Versuch wollte ich es noch ankommen lassen. Es hatte erneut eine nette Frau auf meine Nachricht geantwortet, nannte sich *Systemfehler*, 35, getrennt lebend. Was das nun wieder bedeutete – womöglich ein Fake? Das hatte ich doch bereits. Weil der Mann im Hormonstrudel zu Gutgläubigkeit neigt, wird er leicht zur Beute von Abzockern, die im Pazifischen Ozean sitzend ihre Mails unter dem Namen Linda versenden. Und nun ein *Systemfehler*, da wird man doch gleich hellhörig.

Helläugig wurde ich, als sie mir ihre Handynummer sendete, keine 0900-er, also kein Fake. *Systemfehler* sagte mir gleich im ersten Telefonat, dass sie Mutter eines kleinen Kindes sei. Für mich war das kein Problem. Wir schrieben uns jeden Tag WhatsApps. Diesmal wollte ich nicht derjenige sein, der nach einem *Treffen* fragt, ist ja für Frauen ein *Reizwort*. Dann geschah das Wunder – sie fragte mich, ob ich am Wochenende schon etwas vorhätte. Natürlich hatte ich nichts vor, freute mich auf die Verabredung am kommenden Samstag. Zwei Stunden vor dem Termin kam dann die Nachricht, dass sie nicht könne, da ihr Kind krank geworden sei.

Aufgeschoben ist ja nicht aufgehoben. Wir schrieben uns weiter bis zwei Tage vor dem neuen Termin, dann meldete sie sich nicht mehr und reagierte nicht auf meine Nachrichten. Auf WhatsApp war sie allerdings mehrmals am Tage online. Ich wollte mir nicht ausmalen, was das zu bedeuten hatte.

Neulich beim Friseur bekam ich durch Zufall das Gespräch zwischen einer Kundin, so um die vierzig, und ihrer Friseurin genau zu diesem Thema mit.

Die Kundin sagte wortwörtlich, dass sie nur einen Mann an sich ranlässt, der ihr auch was bieten kann. Finanzielle Absicherung sei ein Muss, damit er sie immer schön ausführt und die Rechnungen bezahlt. Dazu sollte er noch sexy aussehen und dürfte auf keinen Fall ein Weichei sein.

Jetzt weiß ich wenigstens, welchen Marktwert ich habe. Ich hätte am liebsten gefragt, ob alle Frauen heute so oberflächlich sind, habe es mir jedoch im Interesse eines anständigen Haarschnitts verkniffen.

Ich werde mich jedenfalls nicht in einen blöden Stier verwandeln, nur um nicht als Weichei verkannt zu werden. Solche Anmachen, wie sie andere Männer hinlegen: *Hallo, welche BH-Größe trägst du? Was für Unterwäsche hast du gerade an? Bock auf Sex? Schickst du mir gegen Geld deine getragene Unterwäsche?* hat die Damenwelt von mir leider nicht zu erwarten.

Eines ist sicher, so schnell gebe ich nicht auf. Ach ja, je älter Mann/Frau ist, desto schwieriger wird es hier. Statistisch gesehen müsste man 50 Dates haben, damit es klappt. Wie gesagt, *statistisch* gesehen, Da kann ich nur lachen, ha, ha, ha.

Also, *blauer.flieder*, ich würde es toll finden, mit dir zu sprechen. Wann können wir telefonieren?"

Na, wer sagt`s denn…?

Ich konnte nicht anders – Ehrlichkeit gegen Ehrlichkeit, du bist mir zehn Jahre zu jung. Bin ich nun zu oberflächlich?

„*Ein einziges Wort, gesprochen mit Überzeugung*
in voller Aufrichtigkeit
und ohne zu schwanken während man
Auge in Auge einander gegenüber steht,
sagt bei weitem mehr
als einige Dutzend Bogen beschriebenes Papier."

Dostojewski

Danksagung

Ich bedanke mich von ganzem Herzen bei meinen Freundinnen, die mich inspiriert haben, aus meinen humorvollen Internetgeschichten ein richtiges Buch zu machen, meinen Drucker zu schonen sowie Leim, Nadel und Faden aus der Hand zu legen.

Nicht nur sie steuerten eigene prickelnde Erlebnisse bei, sondern auch Frauen, die ebenfalls in Partnerbörsen unterwegs waren. Es gab sogar Männer, die ihre Gedanken frisch von der Leber weg zu diesem Thema äußerten.

Danke für das Probelesen, bei dem alle viel gelacht haben und für die Hinweise zur Gestaltung mit meinen eigenen Illustrationen.

Ein ebenso großes Dankeschön geht an meinen Korrektor Thomas Döring, der kompetent und offen mit mir gemeinsam an Textstellen feilte und mir bei der neuen Rechtschreibung sowie der Zeichensetzung auf die Sprünge half.

Ich danke Euch aus tiefstem Herzen.

Quellenverzeichnis

Kapitel Flirten auf Italienisch, Redewendungen am Ende des Kapitels:
„Italienisch flirten" © *Eichborn Verlag in der Bastei Lübbe GmbH & Co. KG, Köln*

Zitate von Dostojewski:
www.aphorismen.de/suche?f_autor=1106_Fjodor+Michail owitsch+Dostojewskij

Chinesische Weisheiten:
http://www.bk-luebeck.eu/sprichwoerter-chinesische.html

Die Handlung der Geschichten ist frei erfunden. Ähnlichkeiten mit real existierenden Personen und Gegebenheiten sind rein zufällig und nicht beabsichtigt.

Zeitfracht Medien GmbH
Ferdinand-Jühlke-Straße 7
99095 Erfurt, Deutschland
produktsicherheit@kolibri360.de